—————— 阅读之前 没有真相

午夜文库

日月星杀人事件

青稞 著

新星出版社 NEW STAR PRESS

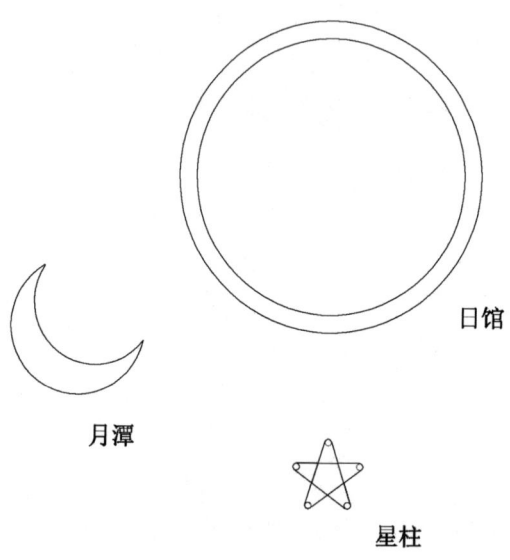

日月山庄示意图

《日月星杀人事件》出场人物

陆　宇　　刚找到工作不久的菜鸟，有业余写作推理小说的爱好
陈默思　　陆宇的大学同学，协助警方破获多起大案的"侦探"
界　楠　　推理作家，一个月前被害
赵柱国　　科幻作家
霍　霖　　二十岁左右，大学生
霍雨薇　　三十岁左右，霍霖的姐姐
贺晴川　　三十岁左右，十年前那起事件中贺放的儿子
冯　威　　日月山庄主人周弼的好友，具体身份不详
严凤宽　　日月山庄主人周弼的好友，临时管家
褚　媛　　日月山庄主人周弼的秘书，临时仆人

《时间的灰烬》出场人物

水　星　墨丘利　　天文爱好者团体成员，科幻作家
金　星　维纳斯　　天文爱好者团体成员，朱庇特的恋人
火　星　玛尔斯　　天文爱好者团体成员，痴迷中国古代天文学
木　星　朱庇特　　天文爱好者团体成员，日月山庄主人
土　星　萨杜恩　　天文爱好者团体成员，乌拉诺斯的好友
天王星　乌拉诺斯　天文爱好者团体成员，推理作家
海王星　涅普顿　　天文爱好者团体成员，二十岁左右的大学生
冥王星　普鲁托　　涅普顿的弟弟

《日月星杀人事件》——时间尽头与冷酷山庄

呼延云

"小说包含两个不同的故事……交互以间错的章节平行展开,最后,这两个截然不同的故事相互重合、合二为一。这种叙述技巧一般用于神秘故事或科幻小说,像肯·福莱特(Ken Follett)就经常援用类似手法,我想将这一手法用于一部大型的长篇小说……"

上述这段话,摘自日本作家村上春树在加州大学伯克利分校的一段演讲,所谈正是其名作《世界尽头与冷酷仙境》,这部获得谷崎润一郎文学奖的作品,普罗读者看到的是唯美,文学青年看到的是孤寂,知识分子看到的是隐喻,而为文学评论界所瞩目的,则是采取了纯文学长篇小说中罕见的双线平行叙事结构。

双线平行叙事在长篇小说中的运用,出现得比较晚。早期的西方文学基本上采用的是单线叙事,虽然也有类似《悲惨世界》《高老头》《萌芽》这样多线索推进的作品,但它们往往不是平行并进,严格上说只能算是叠加叙事,本质依然是单线的。最早也最为知名的采用双线平行叙事结构的长篇小说是托尔斯泰的《安娜·卡列尼娜》,从开头的奥布隆斯基家里"一切都混乱了"之后,安娜和列文这两个"有心灵的"人物便开始各自展开他们的生活轨道,分别在彼得堡和保持宗法制古风遗习的农村寻求个人幸福的道路,一则以自杀,一则以重生……此后,由于创作难度等原因,这种创作手法于纯文学中依然罕见,只在艾特玛托夫的《一日长于百年》等少数作品中加以运用。

值得一提的是,受到物生有两、阴阳相和的传统文化的影响,我国明清传奇小说和戏曲曾经大量采用双线平行叙事结构,日本学者田仲一成在《中国戏剧史》中指出,"基于阴阳二元对立的想法,后期的南戏采取一种二元构成的手法",即是此意,孔尚任的《桃花扇》、高明的《琵琶记》、冯梦龙和凌濛初在"三言二拍"中的部分篇章,都堪称这方面的代表。

通俗文学方面,双线平行叙事结构反倒多见,除了前面为村上春树所提及、近两年随着《巨人的陨落》和《圣殿春秋》被引进国内而广为人知的肯·福莱特之外,在推理小说中,日本作家西村京太郎的《双曲线的杀人案》、雾舍巧的《二重身宫》、北村薰的《盘上之敌》、绫辻行人的《十角馆事件》《钟表馆事件》和苏联作家鲍戈莫洛夫的《涅曼案件》等,也都是采取了双线或多线平行叙事手法创作出的名篇佳作,个中原因,必须从推理小说作为一种类型文学,更强调提升阅读感受的角度加以阐释。

双线平行叙事结构的出现,对于文学创作的革命性意义,在于改变了叙事者(作家)的全能视角。

全能视角,即作家凌驾于整部作品之上,全面掌握故事的发展、节奏,人物的行为、心理,从而也就像上帝一样决定着故事的结局和人物的命运,这样的叙事方式固然保险和安全,符合绝大部分读者的阅读习惯,但对于读者而言,作家更像是保姆，而不是平等的关系，尤其在熟悉作家的创作风格后，整个阅读过程变成了一次跟团旅游，每个景点都是可以预见和预判的，因而也就大大降低了阅读中的意外性和紧张感。

而双线平行叙事则不同，它其实是视故事背景和情节的变换而不停转换视角的混成叙事，以"话分两头"的方式将自然的历时顺序调节为共时顺序，构成一种并置空间。假如说单线叙事是一趟有起点有终点的城际列车的话，双线平行叙事更像是从同一甚或不同起点上始发的、行驶于两条平行轨道上的列车，终点在哪里并不清楚，甚至到底有没有终点都未尝可知。而作者绝无可能一身兼任两车司机，甚至由于视角不停转换，连单一线路都无法做到绝对掌控，顶多是一位避免两列列车过早相遇而发生碰撞的调度员。于是，故事的发展必然充满偶然性，故事中的人物命运必然更加自由乃至恣睢，不受讲述者的主观操纵。尽管每个读者都清楚，齐头并进的这两趟列车，会在某时某地有一个交集，但到底会在何时何地以何种方式交集，也统统都是问号。因此，对于读者——尤其是更注重阅读体验的推理小说读者而言，双线平行叙事不仅极大地提升了悬念，削弱了名侦探在小说中代替作者的"全能"形象和作用，而且使一切可以调动和提高阅读乐趣的元素都因双线发展而变成了双份：双份谋杀、双份诡计、双份犯罪……特别值得一提的是：假如单线叙事的推理小说致力于构建一个难解的不可能犯罪，那么双线平行叙事往往还要在此基础上设置两个次元的"不可能交会"，亲手实现纯粹字面意义上的"二次元破壁"并给出合理的解释，这一切，都对创作者提出了极高的要求，写得好是比翼连枝、琴瑟调和，否则就是兄弟阋墙、同室操戈，难怪村上春树在谈及《世界尽头与冷酷仙境》时曾经叫苦不迭："在很长一段时间内连我自己也没概括这两个故事将如何融为一体,那种经历真是刺激,同时也让我筋疲力尽,我明白自己会有相当长的一段时间不会再去做类似的尝试了。"

也正因此,原创推理作家青稞创作出《日月星杀人事件》一书,既需要才力,更需要勇气。

不过,这两者对于青稞而言,都不成问题。

二〇一六年在《推理世界》杂志发表的第一个短篇小说《推理作家的逆袭》,入围第三届华文推理大奖赛;二〇一七年以长篇小说《巴别塔之梦》第一次参加岛田庄司推理小说奖即入围决选;二〇一八年在新星出版社推出《钟塔杀人事件》,标志着九零后正式登上原创推理的历史舞台……仅仅三年时间,青稞以令人眼花缭乱的三级跳,成为原创推理界最令人瞩目的新星,他在作品中表现出的天马行空的诡计设定和蹙金结绣的严密逻辑,就连像我这样浸淫推理小说多年的"老写手"都惊叹不已,如果我们再关注一个显而易见的事实——大部分作家最旺盛的创作年龄是在三十岁到五十岁之间,就可以知道对于年仅二十几岁的青稞而言,真可以用鹏霄万里、前途无量来形容。

因此,青稞有能力也有责任攀一些少有人登的山、辟一些少有人走的径;因此,青稞写出《日月星杀人事件》这样一部原创推理罕见的双线平行叙事推理小说,实属必然,亦势在必行。

著名推理小说作家界楠在住所中遇害,去世前他收到一封神秘的请柬,上面邀请他去一个名叫日月山庄的地方做客——"如有不去,后果自知"。在系列作中承担侦探与助手角色的陈默思和陆宇看到请柬之后,驱车前往日月山庄。

自此,小说铺开两条轨道,齐头并进。一条轨道上,陈默思和陆宇在到达日月山庄后，结识了一群身份复杂、动因不明的奇朋怪友，他们每每提及十年前在山庄里的一次天文爱好者聚会，都欲言又止，讳莫如深。就在这时，山庄连续发生三起诡异莫名的雪地密室凶杀案，每一起都万难破解，而杀人动机似乎与十年前聚会时"自杀"的女神维纳斯隐隐相关；另外一条轨道上，昔日重现，以太阳系中七大行星的名字命名的七位天文爱好者齐聚日月山庄，看似团结友爱、亲密无间的他们却各自有着不为人知的欲念与秘密，正是这些欲念和秘密让日月山庄渐渐笼罩上一层杀意，而他们之中的女神维纳斯突然陈尸密室，尽管被警方鉴定为"自杀"，但其中似乎有着令人不寒而栗的真相……

与《巴别塔之梦》和《钟塔杀人事件》相比，《日月星杀人事件》承继了青稞一如既往的创作风格：层出不穷犹如狂风暴雨一般的不可能犯罪、一丝不苟宛若排兵布阵般的逻辑推演，北山猛邦式的新奇立意和安东尼·伯克莱式的多重解答，还有作为理科出身的推理作家赋予作品的知识性——且不论设计和验证诡计时运用的物理和数学知识，单单贯穿始终的天文学内容就足以媲美一本天文学科普著作……不过，仅仅是这样，该书不过是一部中规中矩的系列作品，而《日月星杀人事件》能够跳出窠臼，别具特色，恰恰在于它通过双线平行叙事的手法，使整部作品平添了一层哲学的意味。

如果把《日月星杀人事件》中的两条轨道详加剖析，不妨视作"冷酷山庄"与"时间尽头"。陆宇和陈默思所前往的是"异乎寻常的寒冷""比山外低了不止七八度"的"冷酷山庄"，这座外形规则、外表漆黑的建筑，具有"将一个活生生的人给吞了进去，一切都像什么都没发生一样，有的只是无尽的冷寂"

的恐怖能力，而接连三具雪地上的诡异陈尸，更让它仿佛一头齿如寒锋、爪似冰刃的噬人猛兽；另一条轨道上，天文爱好者们的集聚，则是具有巨大悲怆意义的"时间尽头"，在那里，一切时间和空间都是扭曲的、变形的、裂解的、失序的，墨丘利和玛尔斯对天文学的讲解愈是详细，愈是穷究古今，就愈是以某种内在的荒谬感加深了这种时空扭曲的隐喻。而两条轨道交集的一刻，竟呈现出了奇异的质感，那就是"冷酷山庄"和"时间尽头"发生了置换，日月山庄内的三起谋杀恰是时空扭曲的尽头，而昔日重现的维纳斯之死恰是荒谬命运的冷酷……假如说绝大部分双线平行叙事结构的推理小说，交集即是"并入正轨"、解开谜题的话，《日月星杀人事件》的交集竟是令人瞠目结舌的"拓扑变形"，生与死、爱与恨、善与恶、对与错，不过是命运周而复始的无情作弄——这一点，相信每位读者在读到本书结尾时，都会有至深的体悟。

　　初次尝试双线平行叙事的写作方法，就能创作出如此优秀的作品，的确值得激赏，但任何一个具备洞察力的读者，都不应该忽视青稞那些潜移默化却又意义深远的转变，除了人物更加丰满、描写更加生动、叙事节奏更加沉稳之外，比起《巴别塔之梦》和《钟塔杀人事件》，《日月星杀人事件》中的三个雪地密室和一个浴室密室，在类型上更加多样，在层级上更加多元。对我个人而言，尤其喜爱第一个雪地密室，因为童年时每逢寒假回到东北老家，一夜暴风雪过后，恰是这一诡计可以践行的景象，对于以"可行性至上"来衡量诡计水准的我而言，这种简单易行的不可能犯罪手法才是最为完美并值得推崇的。细究日本新本格作家的成长史，大都遵循这样一条轨迹：出道时力求用复杂的诡计惊世骇俗，而成熟后则追求以简约的布局一笔入魂,正如大匠求拙,古釉无光——少年成名,却无故步自封;锐意进取,愈发砥砺前行。假以时日,谁又能说青稞君不会在未来的岁月中,创作出更加震古烁今的神作呢!

近两年,原创推理呈现出一派兴旺的气象,八零后逐渐成为主力军,九零后也纷纷登上历史舞台鹰隼试翼,风尘翕张,隐隐然已经迎来一个百舸争流、群英争雄的黄金时代。多年前看美国史诗巨片《特洛伊》,结尾有这样的画外音:"多年以后人们依然记得:那是赫克托尔的时代,那是阿喀琉斯的时代。"对于置身今天的每一位中国推理作家而言,以优异的作品在当代中国推理小说史上留下英名,应该是共同的理想和追求,而青稞和他的作品,即将和必将独擅一章。

目 录

1	序　章
23	日月星杀人事件 1
57	时间的灰烬 1
66	日月星杀人事件 2
86	时间的灰烬 2
94	日月星杀人事件 3
108	时间的灰烬 3
119	日月星杀人事件 4
136	时间的灰烬 4
146	日月星杀人事件 5
164	时间的灰烬 5
171	日月星杀人事件 6
187	时间的灰烬 6
195	日月星杀人事件 7
208	时间的灰烬 7
222	尾　声
226	后　记

序　章

　　将最后一件打包好的行李放下，我终于忍不住哼出了一声——或者说是惨叫也不为过。随着哼哧几下，我拿起放在桌上的只剩下一口的矿泉水，咕咚一下全都灌进嘴里。将空瓶随手扔进刚刚套好袋子的垃圾桶，我拉开玻璃门，走上阳台，一股寒风扑面而来。

　　虽然还不是最冷的时候，但最近受寒流影响，气温又低了好几度。而且据天气预报所言，未来一些时日这种低温仍会持续下去。额头的汗水在刚刚开门的瞬间就被吹干了，我趴在阳台边缘一排刷白的铁栏杆上，眺望远方。二十二层，这是我所在楼层的高度。这里朝向偏北的方向，一天之内阳光很少能照到这里，在这种天气里，就显得更加寒冷了。

　　视野所及之处，全是类似的住宅楼，有比我所在这栋楼还高的庞然大物，也有独门独户的高档住宅小区。一道道矗立着的灰白色的墙体，像钢板似的组成了一道密不透风的栅栏，压得人喘不过气来。虽然毕业已有半年，可现在还是经常有那么一瞬间，让我觉得这一切都那么不切实际，像是在做梦一般。

　　我不是讨厌工作，但习惯了学生时代可以读书上课打打游戏这种现在看来颇有些空虚的时光，习惯了读研的时候盯着各种论文有时能研究一整天的那种干劲儿，现在突然面临每天朝九晚五的这种规律生活，我确实有些适应不过来。上班的这半年来，我一直住在之前为找工作临时租住的不到十五平方米的小出租屋里，离后来上班的地方颇有一段距离，每天光坐地铁来回都要花上三四个小时。虽说房租便宜，但也着实不方便，最后我还是决定搬到离上班公司近一点的地方。

因为大学本科和研究生所在的学校都不是什么重点大学，而且我学的又不是那么容易找工作的热门专业，因此临近毕业时找工作就成了一件颇为头疼的事。虽说最后总算是找到了一份稍微像样点的工作，但离我的预期还是差了那么一点。工作内容倒颇为简单，每天只是简简单单地编写处理一些文案，月底时也会帮着处理一些财务报表之类的东西。总之就是工作轻松，轻松得简直不像是个男人应该做的工作——这是我姐那天在电话里直截了当对我所说的原话。

我本人不很喜欢这份工作，但也说不上讨厌，怎么说呢，就是一种可有可无的感觉。每天在浑浑噩噩中结束这漫长的一天，第二天再开始、再结束，如此重复。周末短暂的两天假期也像是被偷走似的，一觉睡到中午，赖在床上玩玩手机，再起来刷牙漱口，吃点东西，很快就下午三四点了。外面天气越来越冷，我也越来越习惯大部分时间都待在屋子里，房间虽小，但至少是属于自己的空间。直到冰箱里空空如也，再也找不到一丁点可以吃的东西，我才会套上羽绒服，出去到超市买点食物。当然大部分是那种即拆即食的袋装熟食，也有一些可以用来制作简易料理的新鲜蔬菜和肉类，利用房间一角临时搭起来的简易灶台，倒也可以做一些十分简单的菜品。再搭配上每次只能煮一到两人份的小电饭煲煮出来的香喷喷米饭，就着我最喜欢的豆瓣酱，就可以美美地吃上一顿可口的大餐。

不过今天搬家忙得很，早饭只是匆匆在路边买了一杯豆浆。还好行李不多，我一个人叫上一辆车，很快就搬到了新的住址。虽然没比原来大上多少，但由于现在行李还没有打开，房间就显得比以前宽敞一些。再加上这里楼层高，采光也好了许多。说实话，我挺喜欢这里的。唯一值得在意的是，房租着实有些高了，对于我这种普通上班族来说，每月几乎一半的工资都要花在这上面。虽然我也想省点钱，但由于实在受不了上下班带来的奔波劳累，也只好花钱弥补。

现在已过中午十二点，一上午的劳累早已让我筋疲力尽，饥寒交迫的我现在肚子饿得已经快不行了。我回到屋内，换上鞋，拿起刚刚顺手扔在一旁的羽绒服，套在身上，打开门，准备出去随便吃点什么。这里楼下一层有各种商铺和快餐店，以后吃饭购物倒是方便了许多。

我走到门外，转身将门锁上，正准备走向旁边的电梯口，却听到隔壁房间传来了对话声。站在这里等电梯是件颇为无聊的事情，我扭头稍微瞥了一眼，那个房间的门似乎没关，所以我现在可以听到一些只言片语。好像是销售员正在向客户推销房间，听声音，主要都是那个销售员在讲，另一个人大部分时间都是在听，很少发言。

"地方倒不小！"那个人终于再次说话了。

见对方发话，而且还是赞美的语言，销售员的声音更显激动了。"这位先生，我这里虽然只有一室一厅，但完全是超额配置，光是卧室就有二十平方米，而且价钱完全公道，这个请您一定要相信我。同一地段，同一户型，我这里绝对……"

"价格什么倒还好说，可惜这光线啊……"

"先生您说的是,我这里窗户都向北,采光自然不会有那么好。但您看看,这周围一百米内,一栋高层建筑都没有,就算现在是冬天,也绝对不会出现光线不足的情况,而且……"

"我是说太亮了,唉!"

"嗯?"

销售员像是没有反应过来,只是嗯了一声,便没有下文了,空气像是瞬间静止了似的。我能感受到销售员如此吃惊的理由,毕竟一般人都希望自己的房间采光充足,亮一点自然更好,而他这次的客户却有完全相反的需求。没等我反应过来,房间里响起了脚步声,离我这里越来越近,似乎是刚才对话的两人正在往门口走。我下意识地看向电梯的楼层显示器,电梯还在十五层。

很快,我感觉到身后站了其他人,应该就是刚才对话的那两位。为了避免尴尬,我没有回头看,不过那个销售员似乎还在苦口婆心地劝着身旁的奇怪客户,可那人再也没说过一句话。

叮的一声,电梯终于到了,门打开的那一瞬间,我搓了搓冻得发僵的手,便赶快将身体挤了进去。掏出手机一看,已经十二点半了,真想快点吃到热乎乎的饭菜啊……我这么想的时候,电梯门缓慢地合了起来,可外面那两人仍然没有进来的意思。我朝外瞥了一眼,他们正背对着我,那个销售员仍在喋喋不休着什么,似乎是在想着什么法子竭尽全力挽留这个来之不易的客户。

我实在没心思听他们的争论,只想着早点儿下楼找家快餐店填饱肚子,心烦气躁的我使劲按着电梯里的按钮。我闭上双眼,背靠电梯,等待着启动的那一刻。突然,砰的一声,我吓得赶紧睁开了双眼,电梯里竟然伸进了一只脚。就在电梯即将关闭的那一刻，这只脚伸了进来，在即将被夹的前一刻，这只脚成功地让电梯门重新打开了。

看来只能等电梯外的那两人进来才能下去了，我无奈地叹了口气。电梯门缓缓打开，露出电梯外那个人完整身形的时候，我着实吃了一惊。

"陈默思！"我大声喊道。

这个被我称为陈默思的男子也看了我一眼，他眼角微挑，似乎也有些惊讶。不过直到最终电梯完全打开，我们也一句话都没说。他将头往后微摆，向我使了个眼色，我看他一脸无奈的表情，似乎是对身后那个仍在喋喋不休的销售员感到了无比厌烦。往常遇到这种情况，都是我来解围的。我往前走了一步，绕开陈默思，正打算向那个看起来很是圆滑的销售员说些什么，陈默思却拦下了我。他拍了一下我的肩膀，缓缓转过身，再次面向那个销售员。

"等等，请问您刚才说了什么，能重复一下吗？"

这个身材矮胖的中年男人，在寒冷的冬日还要面对陈默思这个怪物一般的客户，想必也很不好受吧。正当他想要放弃推销的时候，却突然听到了客户这样一句似乎重新提起了兴趣的话。他赶紧抹了抹额头，像是要抹掉那不存在的汗水似的，兴奋地说道："刚刚我说，如果您觉得不满意的话，我们可以在房租的价格上给您一些优惠，或者带您看看这栋楼的其他房型。"

"不是，下一句。"

"下一句？"中年男人想了想，突然皱起了眉头，"先生，我刚才只是瞎说的，虽然我说有一个地方您可能会喜欢，但……"

"不用了，就带我们去看看那里吧。"

陈默思话一说完，就走进了电梯，和我并排站在一起。那个矮胖的销售员站在电梯外犹豫了一下,眼看电梯门就要关闭,最终还是不太情愿地挤了进来。

门终于关了,随着脚下微微一抖,电梯开始缓慢向下运行。就在这时,我突然觉得陈默思刚刚的那句话有点不大对劲。

"等等,我们?"

我看向了陈默思,一时有点摸不着头脑。陈默思撇了撇嘴,双手插在裤兜里,将头扭向了另一个方向。我只能略微看到他那纤薄的微翘的嘴唇。

我和陈默思大约有半年没见面了,最近的一次还是我快要毕业的时候。印象中那天我正要去一家公司面试,没想到莫名其妙地卷进了一件绑架案,最后还差点儿连小命都给丢了。当然最让我记忆深刻的是,陈默思当时解决了一桩困扰我很长时间的钟塔山庄谜案,最后的结局实在令人匪夷所思。我至今仍没有从那件事里完全缓过来,现在偶尔还能梦到一些零星的记忆碎片。

后来,其实有几次我也想过去找陈默思,可陈默思的行踪一向飘忽不定,手机也时常处于关机状态。我去过他那位于垃圾场旁边的阴暗小楼,发现早已人去楼空,所以现在就连我也不能轻易联系上这个家伙了。这么长时间没联系,我甚至不知道他现在具体在做些什么,就算见到了,又能说些什么呢,只能凭白多出几许尴尬。

我和陈默思是大学四年的舍友,同时也是志趣相投的好朋友,我们虽然都是文学社的成员,但最喜欢的却又都是推理。大学四年,除了上课,我大部分的时间都花在了阅读推理小说上面,后来也试着写过一些,推理小说成了我日常生活的一部分。陈默思这家伙虽然对推理感兴趣，但看待推理小说却始终戴着有色眼镜。在他眼里，推理小说就是骗人的玩意嘛，大部分都只是那些推理小说家躲在家中凭空想象的毫无根据的胡诌。我对陈默思的类似言论大都一笑了之。直到后来我写的一些短篇小说在杂志上接连发表之后，他对推理小说的批评才收敛了许多。

可陈默思的这些偏见完全不妨碍他的推理才能。在推理方面，不得不说陈默思确实有天才般的洞察力，任何蛛丝马迹都很难逃过他的眼睛。再加上他那强大到不可思议的逻辑分析能力，很多看起来匪夷所思的案件，很轻易就被他给解决了。大学四年里我们遇到过很多难解的谜题，在陈默思的参与下，最终都得到了圆满的解决，为此陈默思后来竟成了当地警局的常客。我写的很多推理小说都是以陈默思解决的案件为原型的，很多读者通过各种渠道问我现实中陈默思这个人到底存不存在，大部分情况下我只是给出了十分含糊的回应，既没有肯定也没有否定。在大部分读者的眼里，陈默思是只存在于小说中的一个虚构的人物，但对我而言，默思是一个最为现实不过的活生生的人。他是我的朋友，也是一直走在我之前，帮我拨开重重迷雾的那个人。

而这样一个人，现在就在我面前。

路上都是销售员在开车，陈默思坐在副驾驶的位置上，我则在后排。因为有陌生人在，一路上我们没有说过多的话。我只是问了陈默思这段时间在忙什么，他只是回了一句话——"查案"，我便没再多问。路上陈默思抽了很多支烟，还好我们一直在向偏远的郊区行驶，禁烟条令并没有那么严格。我坐在后排，看着前排吞云吐雾的陈默思，也不知道应该说些什么，只好闭上眼睛,打起了盹。空调开的温度适中,但由于陈默思抽烟,前排车窗打开了一条缝,车里还是有点冷的。我将大衣脱下,盖在身上,依偎在后座,竟然就这么睡着了,肚里的饥饿感也早就被我抛到了九霄云外。

等我醒来,车已经停了下来,前排也没了人。虽然我还没弄清情况,但还是穿上大衣,打开车门,走了出去。外面气温果然很低,我不禁打了个哆嗦。而且我也不知道自己此时身处何地,这里貌似是一个高档的住宅小区,房屋不多,但每栋都是独门独户的洋楼。三层的西洋别墅造型,雅致的木石雕刻,暗红的外漆,典型的欧洲复古式建筑。每栋别墅前面都有两个停车位,此时我们就身处其中的一个。

正当我吃惊不已的时候,身后稍远处传来一声咳嗽。一听这声音,我就知道是陈默思,和他相处这么久,很多东西早已成了下意识的行为。我回过头,视野里有什么东西飞了过来,我下意识地接住了它。外面包了一层油纸,放在手里还热乎乎的,一种属于食物的香气瞬间充斥了我的鼻腔。我赶紧打开包装,是一个汉堡,我的肚子瞬间又叫了起来。我看了一眼汉堡飞过来的方向,陈默思正靠在门口点燃了另一根香烟。看到我接住汉堡后,他转身走进屋内。我拿起热乎乎的汉堡狠狠咬了一口,在属于食物的碎渣滑入食管的一刹那,整个身体似乎都恢复了活力。

还没进屋,整个汉堡就已经被我吞入腹中了。一进屋,陈默思就递来一瓶矿泉水,我咕咚喝了两口。

"怎么,这么饿?"陈默思的声音仍然是那么平静,即便是这样一个问句也显得毫无波澜。

"上午刚搬家,还没吃饭。"

"哦。"

陈默思若有若无地回了一声,便转身上楼去了。一楼整体是一个客厅,很是宽敞,在我左侧有一扇很大的窗户,只不过现在拉上了褐色的法兰绒窗帘,整个客厅显得有些昏暗。地毯看起来是一种混纺的棉毛织构,脚踩在上面很有质感,再加上暗色调的欧式印花图案,让人感受到一股典雅的气质。我跟在陈默思后面,沿着同样铺着地毯的木质楼梯,登上了二楼。

二楼大部分都是客房了,没什么特别之处。我跟在陈默思身后,只是匆匆过了一遍,又登上了三楼。登上三楼的一刹那我便惊呆了——整个三楼简直就是一个小型图书馆。这里有大大小小三四十个书架,藏书恐怕有上万册了吧。我走近其中一个书架,随手抽出了一本书。

"《希腊棺材之谜》?!"我不禁叫了出来。我又抽出几本书,无一不是十分著名的欧美黄金时代的推理小说。

"默思,这是怎么回事?"我把目光从手中的书本转向陈默思。

陈默思的目光此时也被这些书架吸引住了,听到我的疑问,他才缓缓说道:"这里原来的主人是一位知名的推理小说作家——界楠,不知你听过没有?"

界楠……虽然在毕业之后我已经有将近半年没写推理小说了,但界楠老师的名号我还是听过的。他很多年前就已出道,出版过很多广受好评的推理作品,同时还保持着一定的神秘感,很少参加签售等活动,众人甚至都不知道他的年纪。尤其近几年,我好像没听过他有什么新作品出版。

"没想到竟然是这位界楠前辈的……那前辈他……"我突然意识到了什么,不知道该不该把这句话问出来。

"一个月前,他被害了。"

"什么……"

陈默思的这句话像是一道电流,划过我的身体。虽然我已经有预感这里发生了什么,但没想到竟然是这种事情,实在令人吃惊。在陈默思说这里是界楠前辈的住所时,我已经有所怀疑了。既然这原本是界楠前辈的住所,而我们现在就可以这样随便进出,这本身就说明了一个问题——这里已经不属于他了。如果他只是搬家,那三楼这卷帙浩繁的推理小说藏书,肯定也要跟随这位推理小说家一起离开这里。既然现在一切如初,就说明这里一定发生过什么。

没想到,界楠前辈竟然就这样离开了人世。

"凶手是谁?"

"凶手,嗯……我想想……"陈默思突然停了下来,"要不这样,我出个题考考你,题目就是这次的案件。题目本身不难,就看你的观察力了。"

我看向陈默思,他一脸平静地看着我,眼里似乎露出一丝兴奋的表情。我点点头,算是答应了。

大约一个月前的某天清晨,著名推理小说作家界楠被发现死在家中,第一发现人是每天早上定时来清理房间的一个年轻保姆。据保姆所说,当时大门没有锁,她一走进大厅就发现有人倒在沙发前的地毯上。经警方鉴定,此人就是著名的推理小说作家界楠,死亡时间是前一天下午三点到五点,死因是勒毙,死者脖子上有一条很宽的横向勒痕,和丢在一旁靠椅上的针织围巾相符,死者脚下的毛毯有蹬踏的痕迹。围巾为死者所有,据其邻居及朋友所称,死者生前每次出门都会穿一身灰色毛呢大衣，戴上这条黑色的针织围巾。死者当时身穿针织线衫和牛仔裤，大衣被挂在靠近门口的衣帽架上。没有其他异常。

嫌疑人有三位，分别在死者遇害当日下午三点半左右进入过这栋房子。但很可惜的是，三人都停留了很短的时间，并不知道各自来访的具体时间，所以其先后顺序不得而知。第一位嫌疑人是死者作品的出版社编辑许言，他当天如约造访死者家中，两人就新书出版一事商谈了约二十分钟，随后他离开，没有发现异常。第二位嫌疑人是死者的异性好友王永晴，她称前一天来访时曾将一条手链不小心遗落在死者家中，故当天在去朋友家时正好顺路来取，并很快离开。最后一位嫌疑人是快递员易诺，他于当天下午三点半左右来给死者送快递，据他所说他当时亲手将快递交于死者手上，并立刻离开，当时未见任何异常。

默思一说完，我心里立刻就有了一个判断。我深吸一口气，说道："死者肯定是他杀的。"

我话刚说完，就遭到了陈默思无情地嘲讽："啧，我当是什么呢，这不是很明显的吗？脖子上都那么大一块勒痕了，难不成还是死者自己弄的？"

"你听我说完。"

陈默思顺势靠在了沙发上，做了个请继续的手势。

我继续说道："本案的重点就在于这个凶器——围巾，死者被勒毙，而且凶器就在身边，既不是上吊自杀，也不是意外身亡，很明显凶手并不想隐藏什么，尤其是死因。"

"也许凶手不是不想隐藏，而是根本没时间隐藏呢？"陈默思随口说道。

"你说得很对，三个嫌疑人究竟有没有案发后布置现场的时间,对案件接下来的分析至关重要。但很可惜的是,仔细分析一下,三人貌似都没有足够的时间来完成这个任务。第一位嫌疑人当时在死者家中待了二十分钟之久,如果他真的是凶手,那他肯定是最后一个离开死者家中的。所以他很可能在谈话中知道刚刚死者家中有两人来访,并且只停留了很短的时间,如果他继续在死者家中逗留,无疑他的嫌疑将是最大的。第二位嫌疑人,她当时只是顺路来取回遗落的物品,如果在这里花费过多的时间,她将会在去朋友家的时候迟到,这么明显的疑点警方不可能注意不到。第三位嫌疑人是个快递员,每天要投送大量的快递,如果在这里花了很多时间,就会延误其他快递的投递,很容易引起怀疑。所以……"我停顿了一下,"不管凶手究竟是不想隐藏,还是没有时间隐藏,反正现场确实是他杀无疑了。问题还是在于这条围巾,凶手究竟为何要使用围巾作为凶器?"

我见陈默思没有开口的意思,便继续说道:"很显然,围巾这种东西并不适合作为凶器使用。虽然相比于刺杀、毒杀、溺杀等方法,勒杀具有更不容易留下证据的优点,但不管怎么想,围巾作为凶器,是不是有些随意了点?"

"弄不好只是凶手刚好看到了呢?"陈默思笑着说道。

"没错,想来想去也只能这样认为了。"我点了点头,"凶手如果是蓄意谋杀的话,大可以事先准备好更合适的凶器,而不是在现场随便找条围巾来当作凶器使用。所以我认为凶手临时起意的可能性比较大,死者可能说了什么话激怒了凶手,从而惹来了杀身之祸。这时凶手刚好看到了那条围巾,从而用其将死者杀害。"

"不错,不过凶手到底是谁,到现在为止你貌似还没有提到。"陈默思提醒道。

"好,接下来就是关于凶手身份的推理了。关于这一点,其关键点仍然在那条围巾。正如我刚刚所说的,凶手是无意间看到了这条围巾,才将其作为凶器杀害死者的。所以凶手究竟是如何使用那条围巾杀害被害者的呢?首先我们要确定的是,死者有经常使用围巾的习惯,回家后将大衣和围巾都挂在了门口的衣帽架上,所以按照常理,死者在家的时候,围巾应该在衣帽架上。另一方面,死者死于客厅正中的沙发前,这一点其脚下毛毯上的蹬踏痕迹可以证明,死者的确是在这里被勒死的,而不是在其他地方勒死后被挪到了这里。但这两点就产生了一个矛盾,作为凶器的围巾和死者之间其实是有一段距离的,凶手必须在取得围巾后,再在死者面前走这么一段距离,才能杀害对方。怎么想这都有些牵强,死者总不会就这么坐以待毙吧?"

"如果死者当时真的没有注意到呢?"陈默思打趣道。

"这也不可能,死者又不是瞎子。何况当时凶手都临时起意想要杀害他了,这说明死者可能有意无意中惹怒了凶手,他肯定或多或少对凶手有些提防——如果他清醒的话。"我有意停了下来,看了一眼陈默思的反应。

陈默思笑了笑,示意我继续下去。

"而另一种可能,就是死者当时其实是在休息。在有外人存在的情况下,自己还能安然休息,这就说明那个外人和他的关系肯定不简单。三个嫌疑人中,唯一符合条件的就是他的异性好友王永晴。"

"所以说凶手就是她咯?"

我摇了摇头。"如果仅仅有这些线索,王永晴的嫌疑自然最大,但很可惜的是,其他线索的存在恰恰否定了我刚刚的这个推测。"我深吸一口气，继续说道，"警方的鉴定报告中提到，死者颈部的勒痕是横向的。也就是说，凶手在勒死死者的过程中，其用力方向是水平的。我们试想一下，如果当时死者刚好躺在沙发上休息，凶手拿着围巾将其勒死，其用力方向虽是水平的，但在死者颈部留下的勒痕一定有沿着颈部向上的趋势，这与警方报告不符。所以凶手在死者休息时将其勒死的假设不成立。"

"那还有其他可能吗？"陈默思问道。

"有。"我很冷静地回应道，"既然不能在死者注意的情况下拿到凶器并接近死者，那在他不注意的时候不就行了？不要忘了，在围巾勒死人之前，围巾还不是凶器，它的本质还是围巾。所以，只要想办法在死者不注意的情况下，拿着围巾接近他，自然就可以实施犯罪了。"

"但阿宇你要记住，这围巾可是死者的，难不成你想让凶手对死者说：'啊，你的围巾真好看，让我们共同来欣赏一下吧！'哈哈哈哈！"陈默思捂着肚子笑了起来。

但我却一点也不觉得好笑。"默思你说得很对，这种拙劣的手法不管怎么想，现实中都很难发生。所以凶手其实采用的是另一种手段，与其想办法让凶器接近死者，不如让死者自己接近凶器。刚从外面进门回来的时候，是死者与围巾在房子里最为接近的时刻。"

"你是想说在这个时候凶手杀害了死者？"

我再次摇了摇头。"有三个证据可以否定这个猜测：第一，死者脱下围巾的时候一定是在衣帽架附近，所以他不会在沙发附近被害；第二，一般而言，进门后我们都会先取下围巾再脱大衣，这样的话围巾就会挂在大衣下面一层，被大衣覆盖住，凶手很难取到；第三，死者当天下午一直都在家中，根本没有出去过，更何谈回来。这三点完全否定了刚刚的那个猜测。"

陈默思点点头，随即饶有趣味地说道："我猜你真正想说的是下面这个吧？"

我笑了笑。"没错，其实我把赌注全都放在下面这个猜测上了。除了进门的那个时刻，其实还有一个时候，死者与凶器最为接近，那就是出门的时候。死者在刚要出门的时候，被凶手杀害了。"

"但阿宇你别忘了，死者可是在沙发附近被害的。如果死者当时想要出门的话，应该在门口附近的衣帽架那里吧？"

"没错，你说得很对。不过换一种思路，如果不是死者去取围巾，而是围巾被取了过来呢？"我故意顿了顿，看了陈默思一眼，才说道，"如果房间里只有一个人出门，那个人当然会自己去衣帽架那里取衣服。但如果有两个人一起出门呢？这就会出现另一种常见的场景，其中一个人很可能会去衣帽架那儿帮另一个人取衣服。适用于这次案件的，恰恰是后面这种场景。所以，现在凶手已经很明显了，不是吗？"

陈默思做了个请继续的手势，我马上继续说了下去。

"其实后面的分析很简单。首先，我们来讨论一下，当时究竟是谁帮谁取了衣服。很明显的是，死者是个德高望重的推理作家，不管是名气还是辈分，对于三个嫌疑人来说，显而易见都是死者比较大，所以结果也很明显，凶手帮死者取了衣服。这个对我们接下来的分析至关重要，因为如果是凶手帮死者取了衣服，那么凶手就必须要满足一个条件——凶手当时也脱了外套。只有在凶手也需要去衣帽架取衣服的时候，他才可能帮死者一起取回衣服，才可能在沙发那里用围巾杀害了死者。"

"不错，没想到你这么快就接近答案了。"陈默思很是满意地点了点头。

我舔了舔嘴唇，继续说道："所以，接下来的分析也简单了。对于三个嫌疑人，我们一一分析一下。首先排除嫌疑的是三号嫌疑人易诺，他是个送快递的，很可能连死者的门都没进，自然不可能脱掉外套了。第二个被排除的是二号嫌疑人王永晴，她当时只是路过死者家取回她前一天遗落的手链，之后就匆匆离开了死者家，根本没有坐下来闲聊的时间，自然也就没有可能脱下外套了。所以，唯一有可能是凶手的，就是一号嫌疑人许言，他当时去死者家中商谈出版相关事宜，时间是二十分钟左右，这么长的时间里，要说没脱下外套，怎么想都不太可能。所以，按照目前的这些线索，凶手是编辑，我觉得最符合逻辑。"

在最终推理出最可能是凶手的人选后，我长长地呼出一口气。陈默思听完之后，倒也没说什么。这时我听到一阵热水烧开的嘶鸣声，陈默思站起身，走向一旁的厨房，将电源关掉。

"阿宇，tea or coffee？"从厨房传来了陈默思的声音。

我下意识地选择了咖啡。

没过多久，陈默思用托盘端着两个装满液体的马克杯走了过来。他把托盘放在茶几上，将其中一个杯子递给了我，自己拿起另一个马克杯，里面是红茶。

"很棒的推理，刚刚。"陈默思喝了一口，将马克杯放下。"其实我给你的信息很少，但没想到阿宇你还是最终推理出了真相。半年过去了，还真是让人刮目相看啊！"

陈默思十分认真地看了我一眼。

我知道陈默思口中的半年是什么意思，那次也确实是多亏了他，我才没有丢掉小命。虽然能得到陈默思的认可着实不容易，但他的夸奖倒也不能尽信，最起码我对自己的那点能力还是心里有数的。刚刚那个案子陈默思确实没有给我多少信息，但他告诉我的，却都是和导向最终正确答案密切相关的一些线索。所以，与其说是没有多少信息，倒不如说是陈默思已经提前替我筛掉了很多不相干的红鲱鱼。

"默思你就别调侃我了，我知道这种推理，你肯定一眼就看穿了吧？倒是默思你，这半年来到底跑哪去了，搬家了？"我喝了一口咖啡，味道还不错，虽说仅仅是速溶咖啡罢了。

"家？我还有家吗？"陈默思苦笑了一声，接着他像是想起了什么不愉快的回忆，皱了皱眉头。"你也知道，从我刚上大学的时候，我就已经是孤家寡人一个了。家对我来说，除了是一个能读能写的字之外，没有任何意义。"

我这才意识到自己刚刚可能提了一个不合适的话题。从我认识陈默思以来，他就一直是一个沉默寡言的人，正如他的名字所暗示的，很多时候你去找他，他看起来都像是在沉思一般。默思几乎没有朋友，除了我，作为默思大学四年的舍友，我自觉对他已经算是颇为了解。但尽管如此，默思仍然是个谜一样的人物，让人捉摸不透。关于默思的家庭，我唯一知道的，就是他的双亲在他刚上大学的时候就已经不在了。所以我刚才无意中提到的一点，可能刚好触及了默思心中最敏感的部位吧。

"默思，你也知道我说的不是这个意思。我是说你这半年来都住在哪儿？我有几次去以前你住的那地方找你，你都不在。"

"办案，不是说了吗，一会儿在最南边，一会儿在最北边，有时连我自己都分不清我在哪里。对了，你说我之前住的那地方，炸了。"陈默思简单地回了句。

"炸了？"我重复了一声，一时摸不着头脑。

"不知道,反正就是前几天我好不容易办完案子回去之后,就发现整块地方都没了。原本我住的那栋楼已经被移平,其他还有什么变化的话,就是后面的那块垃圾场变成了高尔夫球场。这种事我是无所谓啦,那个垃圾场我也不喜欢,没了也好。但就是没住的地方,这个可就让人头疼了。没办法我就打电话给老杨,和他说了这件事,他向我保证很快就能给解决。没想到第二天,我的卡里就多了一百万。"

一百万……这么大一笔钱,在陈默思口中就像是说着玩似的,还有那个老杨……等等,我似乎以前在哪听过,好像也是陈默思和我说过的。老杨……杨志康!市公安局副局长,专门分管刑事案件的,据说以前还是公安局最厉害的刑事专家,最后一步一步升到现在的位置上。一想到这儿,我额头渗出了不少汗水。

"阿宇,你也别吃惊。我当时和你现在的样子也差不了多少,一百万,我也没见过啊,所以我又打电话问老杨这到底是怎么一回事。老杨和我说了好长时间我才明白了过来,原来我的房子是被拆迁了,这一百万就是拆迁补偿款。"陈默思这么一板一眼地向我解释了起来。

原来陈默思家所在的那块地,很早以前就被一家房地产公司看中,想要在那里建一座高尔夫球场。那里虽然有一座垃圾场,可处理起来并不麻烦。而且拜那座垃圾场所赐,除了行事作风均异于常人的陈默思之外,那栋楼里根本就没什么住户。可当那家公司上门去找陈默思的时候,几次都没有找到人,电话也打不通,就这样工程被拖了一个多月。最后项目负责人实在等不下去了,就直接把楼推倒,没过两个月,一座高尔夫球场就建好了。当然,等陈默思回来之后,等待他的就是这番场景了。

那家公司本来也没打算给陈默思什么补偿款的,毕竟一栋破楼,地方也不好,值不了啥钱。奈何陈默思有一个市公安局副局长这样的老朋友,一个电话过去,钱就乖乖打到陈默思卡里了,而且只多不少。

"所以,我就拿着这笔钱,想要重新找个住的地方。"陈默思缓缓说道。

原来是这样,所以今天中午我就看到了一直和房地产商讨价还价的陈默思。不过说来也巧,我们竟然就这样遇到了,要知道我也是今天才刚刚搬过去的。

"默思,那这个地方……"我指了指周边,偌大的客厅只有我们两个人坐在这里,确实显得有些空旷。

"还能是什么?我以后就要住在这里咯!不,准确地说应该是我们。怎么样,有没有兴趣?"

突然接到陈默思的邀请,我有些猝不及防。这里简直就像个欧式城堡,我连现在都有些梦幻般的感觉,仿佛周围的一切都是不真实的。

"你不用担心租金,一方面有我那个一百万,可以慢慢花;另一方面……一个死过人的地方,你觉得会有多少人想来住吗?"陈默思突然哈哈大笑了起来。

"所以,我可以搬进来?"我战战兢兢地向陈默思问道,其实更多的是在问自己,我自己究竟想不想这样。

"当然。"陈默思的回答很是干脆,"如果你不怕什么鬼神之类的东西的话。"

"那好吧……"我勉强答应了下来。不过这里应该都在郊区了,离上班的公司只会比以前住的地方更远,而且这里连公交地铁都没有。我开始为自己以后的行程担忧起来，也许买辆车是个不错的选择。

"那就这样决定了，你明天就可以搬过来。"陈默思看起来也很是开心，他一口将杯中的红茶饮尽，只剩一个茶包，转身又去厨房添水了。

等默思回来，我问道："默思，你是怎么知道这个地方的？"

这里地方这么偏僻，普通人根本不会想到这里，而且这里还发生过那样的案件。

陈默思将提起的茶包在马克杯里晃了一下，想要加快茶汁的扩散。"很简单，因为这个案子就是我破的。"

陈默思说完之后，我没有任何惊讶。既然他刚刚已经向我说了那么多案发现场的情形了，说明他对这个案子极为了解，很可能就亲自参与过这个案子。再加上陈默思那天才般的推理能力，我毫不怀疑他刚刚说的任何一句话。

"对了，当时老杨也在场。我只是刚好解决了另一个案子，本来打算和老杨一起去喝酒的，没想到酒没喝成，又被老杨拉了过去，顺手破了这个案子。后来老杨帮我要到那一百万之后，又提了这个案子，所以我才想着可不可以搬到这里来住一段时间。你别说，这里确实还挺宽敞的！"陈默思说到最后，狠狠咂舌了一番。

没想到陈默思一开始的目标就是这里，今天中午和销售员的那番纠缠，只是为了引出这个地方罢了。

"对了，默思，你刚刚说杨局长后来又向你提了这个案子，是为什么呢？难道这个案子还有什么隐情吗？"我对这一点很是在意，总觉得这个案子有些蹊跷，一个著名的推理小说作家，最后竟然就这么莫名其妙地死在了自己的公寓里，着实令人意外。

"还能有什么隐情？一个简单的临时起意凶杀案而已，没什么特别的。"

"那凶手杀人的理由呢？那个编辑，为什么要杀害自家出版社的作家呢？"我还是有些不甘心地问道。

"理由嘛，其实也没什么大不了的。他只是看不惯作家那颐指气使的样子，每次和作家见面都要被使唤来使唤去，他心里已经很是不高兴了。这次他名义上是来商谈出版事宜，其实大部分时间都是在听作家训斥他。因为作为编辑，他在编校的过程中，删掉了很多作家自以为写得很好的地方，可这些地方在编辑眼里简直不能看。于是作家就一直教训着编辑，还声称要告到主编那里，让他这个小小编辑趁早滚蛋。在两人即将一起出门的那一刻，年轻的编辑再也忍不下去了，用围巾勒死了作家，然后惊慌失措地逃走了。"

没想到竟然是这种理由，我也无话可说。作家与编辑的关系本来就有些微妙。我自己也和一些编辑接触过，很多编辑其实人都挺好。但作家就不一样了，耍大牌的耍大牌，骂人的骂人，这么说来当编辑从某一方面来说其实也挺憋屈的。所以发生了这种事，虽然不是很能理解，倒也情有可原了。

"不过，老杨当时找我可不是为了这件事，而是事后发现的一样东西，引起了警方的注意。"陈默思突然说道。

"什么东西？"

"一封信。你还记得当天下午还有个快递员来过死者家中吗，他就是来送那封信的。"

"一封信……有什么奇怪的地方吗？"我疑惑道。

"准确地说是一张请柬，里面写着一个叫作日月山庄的地方,邀请推理作家界楠于一个月后拜访该地。我在意的其实是请柬上最后的那句话。"

"什么话?"

陈默思从抽屉里取出了一张紫色的卡片,递到了我的面前。

"如有不去,后果自知。"我看着紫色卡片上的这几个烫金大字,默默念了出来。

如有不去,后果自知……我在心里重复着这句话,竟有一种毛骨悚然的感觉,难道这个邀请函的背后,还藏有什么不为人知的秘密吗?

我看着这张被神秘气息笼罩的紫色卡片,心里突然有了一种异样的感觉。

日月星杀人事件 1

三天后，我和陈默思踏上了去往日月山庄的旅途。

根据邀请函上的提示，这座山庄位于本省和北部邻省的边界处，丘陵众多，人烟稀少。这几天我还特地上网查了一些资料，以备不时之需。原来这块地方以前还算是个旅游胜地，盛产山茶花，每年春季，春雪消融之后，漫山遍野都盛开着各种颜色的山茶花，吸引了不少游客前来观光。但这些年随着本省其他旅游景点的开发，去往该地的游客锐减，现在早已不复当年的荣光。而这座日月山庄，就是位于被山茶花包围的众多丘陵之中。不过现在正是隆冬季节，自然见不到什么山茶花了。

我和陈默思驱车一路北上，很快就脱离了平坦的高速路，最后直接过渡到了泥泞的山路。这里似乎刚刚下过一点薄雪，中午气温升高，山上的积雪还未完全融化，本来就崎岖的路面早已泥泞不堪了。虽然地图上标注的距离不是很远，但在车速不到预期一半的情况下，我们颠簸了五个小时，也还没见到山庄的一点影子。除了泥泞道路上几条新轧出的轮胎印，道路一旁甚至有仍未解冻的貌似是小型客车留下的痕迹，这样的深山里竟然还有这么多车辆来往，真是让人啧啧称奇。

"我们来这里可是连一点信息都没有哎，还不知道会不会有什么危险。"我向驾驶座上的陈默思抱怨道。

来这之前,我在推理作家界楠的家中又仔细搜索了一番,以期找到任何相关的东西,获取更多的信息。但结果是令人失望的,不知道是不是警方早已搜过一番,还是陈默思故意敷衍我的缘故,我并没有找到什么有用的线索。

"其实推理作家死前写过一本书,就是关于日月山庄的。"

"啊?你怎么不早说,我们可以找来看看啊!"我瞪大双眼,为此大感遗憾。

"我早就说了啊,只是你根本没注意而已吧。作家遇害的那天,那个去找他的编辑,就是为了商讨这本书的出版事宜的。"陈默思做了一个无可奈何的手势。

对于陈默思这种极度敷衍的态度,我简直无语了。不过现在已经来到了这种深山老林,想要回去找到那本书,恐怕已经是不可能的了吧。我刚刚打起的精神瞬间就萎靡了。

就这样,我坐在副驾驶座上,将头斜靠在椅背和车窗的交界处,打起了盹。随着车身的摆动,额头不断撞击着车窗上侧,尽管这样,我还是忍不住困意的侵蚀。突然砰的一下,我的头狠狠地撞上了车玻璃,紧接着又传来了刹车的声音,我被猛地向前甩了出去,直到安全带将我再次猛地拽了回来。经历这样一来一回的我终于清醒了,我甩甩头,看向身侧一直开车的陈默思。他皱了皱眉,将车熄火,随即打开车门走了下去。直到这时,我混沌的意识才逐渐清醒,刚刚好像是撞上了什么东西。

我坐在车上,透过挡风玻璃,看到陈默思绕到车身前方。他先是检查了一下车子前方的保险杠,接着又看向车子右前方的某处,不住地摇着头。我心里一紧,不会是撞到人了吧……

这么倒霉吗,这样的话……一想到后果,我不禁惊出一身冷汗，难道这就是传说中的出师未捷身先死……我在心中暗自祈祷起来。看到陈默思往右前方走去，我赶快打开右侧车门，跑了下去。

地上全是泥水，我跳下车的时候，惊慌之中，正好踩进一个坑里，裤脚直接被溅起的泥水覆盖了。不过现在也顾不上这些，我深一脚浅一脚，在泥地上一路踩了过去。

"默思！怎么了？！"

我向前方站立不动的陈默思喊道。此时的我早已心急如焚，只想早点儿让他帮我确认一下。他刚好站在我的前方，挡住了我的视线，我只能看到他脚下确实有什么东西，而且……好像有血水流了出来。我脑袋瞬间空白了。

"默思……我们不会……"我能感觉我的声音在颤抖。

"一个狍子而已，慌什么？"等我跑到默思背后的时候，他才缓缓说了这么一句。他转身面对着我，撇了撇嘴。

"狍子……"我赶快看向地面，只见泥泞的地面上横躺着一只不大不小的鹿一样的动物，它还眨着眼睛，嘴里喘着粗气。但它身体周围早已血水一摊，看来已经活不长了。

我深吸了一口气，心中的石头终于放下了。还好不是人……我在心里暗自庆幸起来。不过我看着脚下这只还没死透的狍子，大大的眼睛一直瞪着我，心里却又不忍。

"默思……这个……怎么办？"我指了指地上的那只狍子，看着走向车子的陈默思。

他没回答我，只是打开车门，钻进车里，开始给发动机点火。我看着陈默思的这些举动，也明白了他的意思。听着发动机不断点火的声音，我也走向了车子，只是一想到身后还躺着一只刚刚还活蹦乱跳的鲜活生命，心里就又纠结起来。

正当我走到车前,准备绕到车门旁边进去的时候,陈默思又从车上跳了下来,径直走到车身前方,一下子掀起了引擎盖,把头伸进去,仔细查看起来。过了一会儿,陈默思才直起身子,对着漆黑的发动机,兀自摇了摇头。

"熄火了,看来是刚刚撞到那头傻狍子,哪里受损了。"说着,他又敲了敲掀起的引擎盖,嘴里不知道在嘟囔着什么。

虽然我听不懂陈默思到底在说什么,但我却知道,发动机熄火了,我们已然被困在这个杳无人烟的深山老林里。没想到一祸未了,另一祸又紧随其后。面对身前这一动不动的铁疙瘩,我深深叹了口气。在这种地方熄火,甚至连手机信号都时断时续的,我颓然地靠在车门上,一时有些绝望。

就在这时,后方突然传来了马达的轰鸣声。这里竟然还有人经过!一时间我都忘了自身处境,只觉得心头一紧,心脏快速跳动起来。很快,一辆白色的马自达轿车缓缓驶来,尽管轮胎和底盘附近沾满了黄色的污泥,但此时在我的眼里,这辆白色的马自达简直如救星一般。车速很慢,在快要经过我们的时候,车停了。车前窗缓缓降下,里面一个青年男子把头伸了出来。

"哥们儿,有什么要帮忙的吗?"

他看的是我,所以自然是冲我说话的。我在电光石火之间打量了这人一眼。他个子很高,这是我的第一印象,尽管他坐在车里,我仍能大概猜出他恐怕都有接近一米九的身高了。他肤色偏白,戴着无框眼镜,五官也颇为清秀,再加上刚刚那句十分客气的询问,看起来应该是个好说话的人。我指了指前方的那只狍子,将刚刚发生的事故简单说了下。年轻男子听后扭过头,似乎是在和旁边座位上的人商量着什么。没过多久,我听到车门解锁的声音,他从驾驶座走了出来。

"我后备厢有绳子,你们把车就绑在我车后面,我帮你们拉出这里吧,你们也好打电话叫拖车来拖。"

说着,他走到车后,抬起后备厢的盖子,从中取出一根很粗的拖车绳。没想到还有这种东西,我赶快走过去帮忙,很快就将拖车绳牢牢地拴在了我们车子的保险杠上。在确认绳结打好不会脱落之后,他将后备厢的盖子合上,走回驾驶座。

"怎么,一起走?"他先是看着我,随后又将目光移向了陈默思。

我十分感激地向他点点头,向一直在远处低头吸烟的陈默思喊了一句,随后就直接打开后座车门坐了进去。没过多久,陈默思也坐了上来。这时我才注意到,在年轻男子旁边的副驾驶上坐着的是一个年轻女子。不过从我们上来之后,她就没有回头理过我们,和她的男性同伴对待我们的态度截然不同。

很快,发动机的声音再度响起,车子开始缓缓向前移动。我冲双手哈了哈气,刚刚下车待了一段时间,实在是让没穿多少衣服的我冻坏了,看来我果然还是对山间的低温多少有些低估。好在车里的空调一直在运转,浑身又渐渐暖和了起来。

"你们的运气也算是不好的了,这些年这里一直在搞旅游开发,各种野生动物都越来越少。像你们刚刚撞的那种体形的狍子,说实话,我来过这里好几次,从来都没碰到过。你们能撞上,实在是运气背了。不过这几年来这里玩的人变少了,可能也是因为这个,这些野生动物才又渐渐多了起来吧。话说你们别看这里偏,野生动物种类可是很多的,像狍子、野猪之前遍地都是,还有啊……"

没想到这个年轻男子还是个爱唠叨的人,我听着他嘴里不断传来的絮絮叨叨，竟有些困了。不过他接下来的一句话，却直接让我清醒过来。

"对了，你们这是要去哪儿啊？"年轻男子突然问道。

"啊，我们是要去日月……"

我话没说完，坐在一旁的陈默思突然大声咳嗽了一下，我赶紧把嘴闭上了。

"日月……日月山庄？你们也要去那里吗？"年轻男子的语气也是有些惊讶。

"嗯……"事到如今，我也只好承认了，"不过你刚才说'也'，所以你们也要去那里吗？"

"嗯，是啊，我们一个月前收到了一张请帖……等等，我好像没见过你们……"年轻人回过头，再次确认了一下。

"是的，我们第一次来。"我实话实说道。

"不应该啊……不是只有十年前……"

"够了，阿霖！"

旁边的女子第一次说话了，她的声音颇为尖锐。这时我才知道之前一直和我们说话的这个年轻男子叫阿霖，而刚刚还十分活跃的他，此时在这位女性同伴近乎呵斥的语气下，没有再说话，车里的气氛瞬间降至冰点。

我仔细打量了一下这名女子，通过驾驶座只能看到她身体露出来的一部分。她有着一头经过精心打理的蓬松卷发，耳朵上坠着一颗水滴形的蓝宝石，皮肤很白，也很光滑，不是那种要靠很多化妆品才能遮掩的类型，所以总体来讲倒是颇为养眼。不过她刚刚的那番举动，在我心中留下了不好的印象。

"待会儿我们把你们送到山下有信号的地方，你们就自己打电话叫拖车过来吧。"女人说话的语气颇为强硬，在对后座的我们说话时，甚至连头都没有回一下。

"可我们也是要去……"

我刚想继续说些什么，坐在一旁的陈默思打断了我。他拍了拍我的肩膀，左手从大衣的口袋里掏出了那张紫色的邀请函。

"这个，难道还不够吗？"陈默思将邀请函换到右手，伸到前方驾驶座能看到的地方。

"停车！"

话音刚落，我就听到了刹车踩下的声音，我差点儿又冲了出去。正在缓慢行驶的马自达很快就停了下来。女人第一次将头转了过来，她鼻梁很高，涂了暗红色唇彩的嘴唇显得十分性感，竟有点外国人的影子。她此时正视着我们，准确地说是在看默思手中拿的那张邀请函，她的目光完全被吸引住了。

"你们怎么会有这个？我对你们没印象。"我能感觉到她的问题有一半是在问她自己。

"够了？那就走吧，带我们去那里。"

陈默思将邀请函收好，再次塞进左边的大衣口袋里，紫色邀请函出现的时间总共不超过五秒。女人看了陈默思一眼，不知道心里在想着什么，随后她又将头扭了回去，不再看我们。

"阿霖，走吧。"女人再次向驾驶座上的同伴发话道。

很快，油门的声音再次响起，刚停不久的马自达发动起来。

"对了，我叫霍雨薇，他是霍霖，我弟。"女人的语气缓和了许多。

原来他俩是姐弟。我有些吃惊，不过这也解开了我刚刚的一个疑惑，这个叫霍霖的简直什么话都听这个女人的。现在虽然误会都解开了，但随之而来的却是死一般的寂静，尴尬的气氛在车上狭小的空间里弥散开来。我本想说些什么，但最后也还是作罢。

我将身子往下靠了靠,找到一个舒适的姿势,再将羽绒服的帽子翻上来,垫在后脑勺上。听着车轮轧在泥水里发出的哗哗声,倦意很快袭来。

山路很是崎岖,虽然车速不快,但一路上车子都在颠簸,所以我其实根本没有睡着。不知过了多长时间,车子渐渐平稳。就这样迷迷糊糊的,又过一段时间,车速开始降低,身体能隐约感觉到一个向前的离心力,随后车终于停了下来。

我靠在座位上,不愿睁开双眼,只听到一阵钥匙的抽拔声,随即车门被打开,有人下车了。直到最后周围再也没有声音,我才挣扎着睁开双眼,车上果然已经没人了。最近不知怎么了,每次坐在车上,我都有一种很困的感觉,难道真的是冬天到来的缘故?今年的冬天倒是异乎寻常地寒冷。

我强忍困意打了个哈欠,右手摸索了一阵才找到门把手。门一开,瞬间的降温让我忍不住打了个哆嗦。我还不清楚这是哪儿,但这里的气温着实比山外低了不止七八度。我有点后悔少穿了衣服,不过注意力瞬间就被眼前的一栋庞大建筑夺走了。

规则的外形,漆黑的外表,从我的角度几乎看不到一丝缝隙,简直像个外星文明的产物。正当我的脑海里浮现种种疑问之时,我看到了陈默思,他正向这栋奇怪的建筑物走去。没过多久,他停了下来,站在漆黑的墙面前,不知在想着什么。突然,毫无瑕疵的墙面裂开了一道缝隙,一扇门开了,陈默思回头看了我一眼,最终还是走了进去。随后这扇门缓缓合拢,恢复了原来的模样。这栋建筑宛如一个异形,将一个活生生的人给吞了进去,就像什么都没发生一样,有的只是无尽的冷寂。

我看了一圈周围，宽广的空地被周围的针叶林包裹得严严实实的，没有风，一切都很是安静。刚刚的那对姐弟也没了踪影，应该是已经进入了那栋奇怪的建筑。我最终还是下定决心，走到那面漆黑的墙壁前，门再次打开，里面露出的依然是黑暗，无止境的黑暗。

我走进去，门很快就再次闭拢，黑暗笼罩四周。我下意识地伸手去触摸四周，两侧都是墙壁，大概仅能容一个人堪堪通过。我摸索着向前移动，地面很平，但通道很曲折，过了一会儿，前方似乎出现了阻挡的东西。还好一路上我都足够小心，不然现在头上肯定已经鼓起一个大包。我用手摸了摸，有把手，是个门，但不管我怎么弄都弄不开。这时我才意识到，右侧似乎还有通道，但右脚抬起的时候碰到了什么，我用脚再次向前试探，是个台阶。默思刚刚也是从这儿走的吗？我犹豫了一下，迈步走上台阶。

台阶也是同样的曲折漫长，就在我以为不知会走到何时的时候，一转弯，视野突然亮了起来。我眯起双眼，下意识地用双手做出保护自己的动作。很快，这种不舒服的感觉消退了，我再次睁开双眼，视野里出现了陈默思的身影，他做出了欢迎我的手势。

"欢迎来到日月山庄，我是这里的管家严凤宽，你叫我老严就行。"

我还没反应过来，旁边就走来一个很大年纪的老爷子，他头发花白，看起来颇为瘦弱，但双目炯炯有神。我和他握了握手。

"旅途还顺利吧？"他小声问了我一句，语气温和。

我点点头，但实在忍不住又打了个哈欠。一路上的颠簸，这种半睡半醒的状态往往会招来更大的睡意。

老严应该是看出了我的倦意，笑了笑，说道："好了，先去休息吧，晚饭很快就会准备好。房间就在旁边，大家跟我一起来吧。"

最后这句话老严是向着右侧说的。这时我才注意到，在我右侧除了陈默思，还有和我们同来的那对姐弟。他们此时正坐在一旁的茶色沙发上，小声谈论着什么，弟弟霍霖看起来颇为激动。在老严说出那句话之后，两人才看向这边，随即都站了起来，整理了一下放在一旁的行李箱。这时我才想起，我和陈默思的行李还放在路上抛锚的那辆车上面呢。我看了一眼陈默思，他耸耸肩，应该也是注意到了这一点。

"你们二位的行李我待会儿派人去拿，你们先跟我来，找到自己房间。"

老严的安排也很周到，不宜回绝，我们只好跟在他的身后。和外部漆黑表面形成鲜明对比的是，这栋建筑的内部却是纯白的色调，不管是墙壁地面还是天花板，都被白色所覆盖。这也是刚才我一进来就感到刺眼的原因，这里简直太亮了。虽然天色已暗，从一侧的几扇落地窗中已不会进入多少光亮，但天花板上密布的LED灯管却提供了充足的照明。这里应该是类似客厅的地方，不过家具却很简单，仅有的几件都是偏深色的，在这种环境中略显突兀。

整个客厅的空间是有一定弧度的。在老严的带领下，我们向前走了几步，就看到了其他房间。不过这些好像不是替我们准备的，所以我们继续向前走去。我和陈默思走在最后，突然我想起一件事，便小声问他：

"默思，这个老严……他不怀疑我们的身份吗？"我和默思是拿着已经被害的推理作家界楠的那封邀请函过来的，来的路上霍家姐弟俩就已经对我们的身份产生了怀疑，这个管家老严，怎么说呢……他的行为显得过于平常了。

"他不认识我们。"陈默思回答得很简短。

"不认识……本来就不认识啊，我们之前又没见过。"我对陈默思的这句话感到莫名其妙。

"是没见过，但他同样也不知道十年前的我们。"

"十年前……"

"十年前，这个老严应该不在这里。换句话说，他不知道这里发生了什么，也不知道十年前我们究竟有没有来过这里。"

我终于明白了陈默思的意思，不过十年前究竟发生了什么，一想到路上那对姐弟的表情……对此我很在意。不过老严竟然也是局外人，这多少让我有些吃惊。

"好了，这里是霍小姐您的房间。"缓慢前行的队伍突然停了下来，前方传来了老严的声音。

我们在一扇白色的门前停了下来。这只是一扇普通的门，唯一的特点恐怕就是门把手也被漆成了白色。二楼整体是一条具有弧度的走廊，走廊旁边均匀分布着几个房间。霍雨薇此时正站在那扇门前，她的紫色行李箱体积很大，简直与门的宽度差不多，我开始担心她怎么把这个行李弄进房间去。

"看什么看，还不帮忙！"在房门打开后，霍雨薇大声喊道，而对象则是一直低着头站在一旁的霍霖。

在听到老姐的命令后，霍霖有些不情愿地推着那个紫色的行李箱，与拎着体积同样不小的行李袋的霍雨薇一起进了房间。没过多久，霍霖走了出来，房门砰的一声关上了。

现场变得十分尴尬。

"霍先生，您的房间在隔壁，我们再往前走一点就是。"老严的声音再次传来,我隐约听到霍霖吁了一口气的声音。

紧接着,沿着这个弧形走廊,霍霖、陈默思和我被依次分到各自的房间。

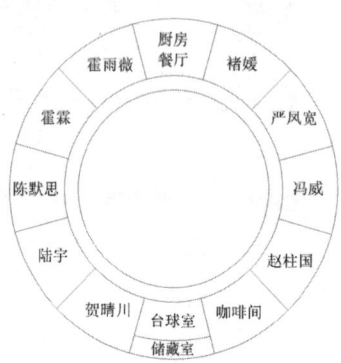

图1 日馆二层房间分布示意图

房间真的很大。虽然我不知道自己现在所在的这个建筑究竟有多大,但以我的常识来说,这里真的很大了。

首先是床,我进门第一眼看到的就是张超大的席梦思软床。床本身是黑色的,床垫和床单都是白色的,再加上那看起来就十分松软的枕头,我把背包一扔,就扑了上去。就这样抱着枕头享受了好几分钟,我才极不情愿地翻过身来。其实房间的设施倒是挺简洁的,和之前客厅里看到的差不多,是同一种风格。

房间仅有一扇窗户,是可以推开的那种,不过为了房间的保温,现在是关着的。收在一旁的窗帘是偏深色系的丝质纤维,窗外看起来已经很暗了。整个房间唯一的照明就是房顶的那盏吊灯,古典造型与现代LED相结合的设计令人眼前一亮。窗户底下是一张书桌,书桌上是一盏台灯,造型极为简练。与书桌相配的是一张实木椅子,也是黑色的。除了这些就是角落里的那个衣柜了，现在衣柜门是开着的，里面还有几个木质衣架。

我从床上爬下去，将地上的背包捡起，拉开拉链，走到衣柜前，将为数不多的衣物塞了进去。房间里似乎有一股淡淡的香气，具体是什么我就不清楚了，但现在的我反而清醒了许多，一下午的疲惫一扫而空。我坐在床上，把今天一天的经历仔细回顾了一下。

到目前为止，我仅见了这座山庄里的三个人，分别是看起来很和蔼的管家老严，还有那对一直吵吵闹闹的姐弟。那对姐弟看起来都只是二十来岁的样子，尤其是弟弟霍霖，应该才二十出头吧，估计比我都小。十年前，他才十岁多一点……难道那时候，他也在这里吗？

十年前，究竟发生了什么事……以至于十年后的今天，大家要再次聚在这里？还有那封邀请函里面所写的——如有不去，后果自知。短短的几个字，却充满了警告的意味，这不得不让人起疑了。

推理作家界楠的死亡，将我和陈默思带到了这里，而这座日月山庄，究竟隐藏了多少秘密……这栋黑白两色建筑的诡异布局，以及由此带来的诡异气氛，让我不禁对这座山庄里即将发生的事充满了不安。

头昏昏沉沉的，我掏出手机一看，已经过去了半个小时。看来是刚刚躺在床上，一不小心睡着了。不过应该还没有错过晚餐。

我睡眼惺忪地爬起来，揉了揉眼睛。窗外已经彻底黑了，站在窗前，竟然还能看到夜空中闪亮的无数星辰。我已经好久没有看过这么美的星空了，一种奇妙的感觉瞬间填满了我的心胸。

就这样动也不动地站了许久，我才转过身，推开门走出了房间。和来时一样，白色的走廊一尘不染，连一个人的踪影也没有。陈默思就住在我隔壁，不知道他究竟在不在房间里，如果他正在休息，就这样贸然进去打扰，似乎也不太好。正当我左右为难时，前面的一个房间似乎传出了什么声音。

我走近细听，是一种清脆的撞击声，而且频率较为固定，每隔几秒钟都会有一次这样的声音。这声音听起来很是熟悉，脑海中有这样的记忆，但记忆似乎过于久远，我怎么也想不起来。最后我还是放弃了挣扎，其实很简单，敲门进去一看便知。里面的人看起来不像是在休息，也就应该不算打扰了。

我敲了一下白色的实木房门，清脆的敲门声立即响起，在空旷的走廊上不断回响，这令我感到有些意外。没过多久，房里就传出了"请进"的声音，我扭了一下门把手，门没锁，我很轻松地就打开了门。

一进门，就是一张十分显眼的台球桌，绿色的台布与整个房间的格调显得差异很大。球台上还剩下为数不多的红球和彩球，一个年轻的男子正趴在球台上，手中的球杆正指向其中一个红球。稍一发力，球杆撞击在白色母球上，母球向前滚动，以一个颇为刁钻的角度撞击到红球侧面，红球应声落袋。

"好球！"我不禁大声喊了出来。

击球的男子停下自己的动作，看了我一眼，点点头。看得出来他对自己刚刚的表现也颇为满意，嘴角略微翘起一个弧度。他身穿白色衬衫，外面套了一件亚麻色线衫背心，显得很是干练。在和我简单打了一个招呼后，他很快低下身，又去瞄准另一个球了。这次是黑球，同样的动作，黑白两球相撞，随着一声脆响,黑球直直地落袋了。

果然是个高手,我在心里想道。这里竟然还有一个台球室,着实有些令人出乎意料。听着台球接连碰撞发出的清脆声响,大学时代的记忆涌入了我的脑海中。我不算是个喜欢运动的人,大学时代曾经参与过的运动项目更是寥寥无几,台球就是其中一个。而经常陪我打球那个人就是陈默思,虽然他最喜欢的是篮球,但他几乎什么球类运动都会。有一段时间我们几乎每周都会去打台球,那也是我们一起活动最长的一段时间。直到发生了一件事,他最喜欢的一个女生离开了他,他因此消沉了好一段时间,我们的这项活动也中断了。从那之后,我也只是偶尔有朋友找的时候,才会去玩一下。也是从那之后,我很少再见到陈默思,他经常夜不归宿,毕业之后,我们就见得更少了。

"要不一起来一局?"

耳边突然传来的声音将我的思绪打断,我缓了一下,发现刚刚打球的那个男子正将一根球杆递给我。我接过球杆,右手在球杆上来回摩挲了几下,这样的感觉已经好久没有过了。

"来,你先开!"男人用三角框将红球摆好,示意我来开球。

我走上前去,看着已然摆好的红球堆和其他彩球,弯下腰去,瞄准白球。瞬间,一种熟悉的感觉将我完全包裹。我猛地发力,白球飞快地滚了出去。啪!红球被撞开了,在红球四散之时,我的白球也晃晃悠悠地回到了上半区——完美的防守。

男人用眼神向我示意了一下,这是表示看好我的意思。接着他来到我之前所在的位置,在球台上来回瞄了几眼,没有发现很好的进攻机会,很快便防守了一杆。白球在穿过大半个球台撞击到红球之后,稳稳地回到了上半区,已经很接近刚刚母球所停的位置了。不过,就差这么一点点,仍然出现了一个防守漏洞——右边底袋附近的一个红球有下球的机会。

　　男人似乎也发现了这一点，他皱了皱眉，似乎对自己刚刚的表现不是很满意。我走上前去，来回瞄准了几下，一个长台，虽然红球在袋口，但对于已经很久没有练球的我来说，其实难度还是有的。我犹豫了几秒钟，最终还是选择进攻。球杆一推，白球直直地朝目标红球飞去，角度还行，随即两球相撞发出了清脆的声响，白球飞走，红球朝袋口滚去。可惜角度还是有些偏差，红球在袋口来回撞击了两下，最终还是停在了袋口，没有落袋。我摇了摇头，将球权交给对方。

　　"有点可惜。"男人对我的这一球也感到颇为惋惜。他走上前来，用枪粉仔细清理了一下球杆顶部，接着弯下身，摆好手架，对准了白球。

　　现在白球的位置很好，刚刚没有进洞的红球，就是一个绝佳的进攻机会。啪的一声，红球应声入袋，干净利落，很准的击球。接着他又连续进了几个较为容易的球，在叫黑球的时候走位过多，失去了进攻的机会，随即防守。这样我们又来回防守了几轮。虽然最终还是由我破局，连续进了几个红球，但由于我比赛过程中失误过多，最终的结果还是大比分输给了对方。

　　男子将进袋的球尽数掏出，一一放进盒子里，整齐地排好。"技术不错，但不是很熟练啊，应该是有一段时间没打了吧？"

　　我不好意思地挠了挠头，将球杆递还回去。"已经有三四年了吧。"从大学快毕业到现在，确实有这么长时间了。

　　"三四年？那你确实很厉害了。对了，忘了介绍了，我叫贺晴川，平常大家都叫我小川。"对面的男子微笑着说道。

　　我和他握了握手，同时也介绍了一下自己。在互相介绍一番之后，我才知道，原来他今年已经三十出头了，但他看起来还颇为年轻。他在一家外贸公司工作，之前被公司外派到德国工作了几年，去年才回到国内。难怪在刚刚与他的对话中，我对他某些字词的发音总感到有些别扭。

"要不要来喝点儿咖啡？"

在对方的介绍下我才知道，台球室的隔壁就是咖啡间，他很喜欢去那里。

"我今天上午就来了，这里没什么人，娱乐设施也很少，就只好自己一个人瞎折腾了。"在他的不断自嘲下，我们进了隔壁的咖啡间。

与别的房间不同，这里的色调是深色的，充溢着一股浓浓的咖啡豆的气息。房间靠窗一侧放有桌椅，纹理清晰的木质桌板，真皮质感的扶手椅，都体现了房间主人的精心设计。靠墙的嵌入式桌面上放有咖啡机，旁边是好几罐不同的咖啡豆。我平时很少喝咖啡，对这些也不甚了解。只见他从其中一个罐子取出一些烘焙好的咖啡豆，放入咖啡机里，紧接着就传来了细细的磨豆声。

"稍等一下就好，先坐。"

我坐了下来，椅子确实很舒服。

"看来你对这些东西很懂，我就不行了，平时不是饮水机就是便利店随便买的饮料，不像小川你……"虽说是他让我这么叫他，但面对一个年纪比自己还大的人，我这么称呼他，还真是有些不适应。

"叫我小川就行。"他笑着说道，"以前我也和你差不多吧，不过在国外待了几年，养成了习惯，现在也改不掉了。"

我苦笑了一下。"对了，你也是收到了邀请函吗？"我打算直接切入正题。

一听到这个,他似乎愣了一下,头部略显僵硬地点了下,眼神也黯淡下来。"准确地说,应该是我的父亲收到了,但他一年前已经过世了。"

"对不起……"没想到一下子提到了他的伤心事。

"没事,都过去一年了。其实也是因为父亲的过世我才回国的,他是得直肠癌去世的,我在医院陪他走过了最后的时光,也算是我这个不孝子的最后一点孝心吧。"

他的声音很是低沉,看来父亲的死对他的打击确实很大,至今还没有完全缓过劲来。我和他说明了我与陈默思来这里的经过,以及我们的来意,他听后只是点点头,并没有表露过多的诧异。

"原来界楠叔叔也去世了。"他叹气道。

"你认识他?"

"算是吧,不过也不是很熟。我只知道他是个很出名的推理小说作家,我父亲和他有过来往。"

原来是这样,那我也算是找到了此次被邀请人之间的一些联系了。

"我们这次来也是因为那封邀请函,上面写着'如有不来,后果自知'。对于这句话,小川你知道些什么吗?"我开诚布公地问道。

"其实我也不是很清楚。"他摇了摇头,"上大学后我就很少和父亲联系,后来更是因为工作的关系经常出国,我们联系就更少了。我也不知道父亲为什么会收到这封邀请函,还有你刚刚说的那八个字……其实我也是因为对此感到疑惑,才代替父亲来的。"

"那十年前……"

"十年前我还在国外留学,不过回来之后,确实发现父亲变了许多。他变得胆小了,甚至有些神经质,时常能看到他一个人念念叨叨的。我问过母亲,她说自从半年前父亲去过一个叫日月山庄的地方,回来之后就这样了。没错,就是这里。至于十年前这里究竟发生了什么,父亲也没告诉过母亲。一年前父亲去世,详情就更不得而知了。不过,据说和天文有关。"

"天文?"

我正想追问,突然响起了一阵电子提示音,原来是咖啡煮好了。小川向我表示了一下歉意,随即起身走到一旁,打开冰箱门,取出了一盒牛奶,向一个小杯里倒了大约三分之一的容量。他端着杯子走到咖啡机那里,将杯子凑近,一根蒸汽棒伸进了杯子中,随即机器开启,响起一阵突突突的声音,牛奶表面也出现了奶泡。这些步骤我之前就看陈默思操作过,他也是一个重度的咖啡因依赖者。

没过多久,机器停止运转,小川端着煮好的咖啡和奶泡走了过来。

"这里有方糖,我拿一些过来,你需要多少?"

"一块就行。"我不喜欢太甜的东西,喝咖啡的话,一块方糖就行。

等他将方糖拿过来,我已经将煮好的咖啡分别倒满两个马克杯了。我给自己那杯咖啡中加入适量的牛奶和一块方糖,用勺子轻轻搅了搅,一股浓烈的香气瞬间通过口鼻,将肺部填满。

"真香。"我不禁感慨道。

"纯正的曼特宁咖啡,采用原产地苏门答腊岛的阿拉比卡咖啡豆,口感香醇浓郁,你可以试试。"

我点点头,端起马克杯,那股浓郁的咖啡香再次扑向口鼻。

我轻抿了一口,咖啡还是有点烫,不过确实如他所说,我没有感觉到一点苦味,口感十分顺滑,香醇浓郁,有些微酸,不过方糖的甜味很快就将其盖住了。

"怎样?"

我再次点点头。小川这才端起他的咖啡杯,喝了一口,一脸享受的样子。

"很久没喝过这么纯正的曼特宁咖啡了,想来这里的主人也是一位风雅之士。"他不住感慨道。

我放下咖啡杯,向小川问道:"对了,刚刚你提到了'天文',这究竟是怎么一回事呢?"

"其实就是一个天文爱好者小团体吧。"小川简单说道,"从我能记事时开始,家里就一直有一台小型的天文望远镜,你也知道那是什么年代。家里的书柜里也有很多天文学方面的书籍,小时候爱玩的我曾经不小心把其中一本书撕破了,结果被父亲毒打了一顿,至今记忆犹新。不过在父亲的熏陶下,我也开始逐渐接触天文,看了不少科普读物,天文馆也去了很多次。但可惜的是,上高中之后,我的兴趣逐渐减淡。高考填志愿的时候,父亲想让我填天文学,我没有听他的,选了最为热门的金融。也许是我的举动让父亲失望了吧,之后我去外省上大学,再去留学,回国工作,我和父亲的联系越来越少,直到他去世……"

眼看小川低语起来,我插嘴道:"那推理作家界楠,他……"

"他也是那个天文爱好者小团体的一员。"小川似乎已经从刚刚的情绪中缓了过来,他喝了一口热咖啡,接着说道,"第一次见到他是在我上初中的时候,父亲带我去天文馆,那天和我们一同前去的还有另一个和父亲年纪差不多大的男人。父亲向我介绍了他，竟然是个推理作家。他当时正在创作以一个天文爱好者为主角侦探的推理小说'迷航系列'，所以才来天文馆取材。在这之前，他们是在一个天文爱好者的聚会中偶然认识的。之后，一连好几个月我都能见到他，后来就很少见到了。不过这也和我渐渐长大，开始远离天文爱好有关吧。"

天文爱好者小团体，天文馆，推理作家界楠……虽然仅仅通过这些只言片语并不能得出什么结论，但我的脑海中隐约有一种思路正在成形。等等，日月山庄……

"日月山庄！小川，这个日月山庄又是怎么一回事？"

"你还不知道吗？"小川一脸惊奇地看着我，"也难怪，你之前对此一无所知，而且才刚刚到这里。那我就向你解释一下吧。日月山庄其实是分为三个部分，我们现在所在的这栋建筑名叫日馆，除此之外还有两个部分，名曰月潭、星柱。"

"日馆，月潭，星柱……"我在口中念叨了起来，突然发现了什么，"小川，这些……"

"没错，很明显，这些都和天文有关。"

小川的这句话使我更加确认了自己的想法。十年前，包括推理作家界楠还有小川父亲的天文爱好者团体，聚集在了这座日月山庄。当时一定是发生了什么事，才有了这次的十年之约。但究竟发生了什么事，就不得而知了，时间过了这么久，恐怕也只有当事人才知道了。不过那对姐弟……他们为什么也会来这里？是和小川一样，代替父母来的，还是其他什么原因？霍雨薇，霍霖，对于十年前的事，他们一定知道些什么……

和小川聊了没多久，就有人前来敲门，说是晚餐的时间到了。听声音应该是个女生，而且年龄不大。我隔着门应了一声，表示会马上和小川一起赴餐。

随即,隔壁又响起同样的敲门声,不过那个房间没人。果然,敲门声响了几下就停了,过了一会儿从更远的地方传来了敲门声。看来是要一间间地敲过去啊,我对这里采取的这种颇为古老的交流方式感到好奇。不过现在也是晚上七点多了,虽说刚刚喝了热咖啡,可肚中的饥饿感此时急不可耐地冒了出来,看来晚上得好好吃一顿。

于是我便和小川一起将喝完咖啡的咖啡壶和马克杯简单用水清洗了一遍,然后匆匆下楼去了。在经过陈默思的房间时,我用眼角的余光瞟了一眼,房门竟然是开的,看来默思在听到敲门声后就已经出门下楼了。不过他的这种马虎随意的性子可真是一点没改,连房门都忘了关上。可我转念一想,像陈默思这种连手机都能绝缘的家伙,身上还有什么值得偷的东西呢?我在心里苦笑一下,随即沿着来时的方向走了回去。

很快我们便来到了下午刚来的地方,只有一个棕色的沙发,一个人都没有。不过小川似乎是知道餐厅的位置,他上午就到了这里,吃过午餐,知道这些也是应该的。在他的带领下,我们沿着这个弧形的走廊前行,没走多远,就听到了人声。应该是下午路上碰到的那对姐弟。

"什么鬼地方,连个试衣镜都没有!这让人怎么换衣服嘛!"
"姐,别说了……"

刚一走近,就听到了来自姐姐的抱怨声。下午时她只是穿着一件淡黄色的羽绒服,下身是连裤袜和短裙,对于目前的年轻女孩来说,倒是十分平常的打扮。加上她身材本来就好,这样的打扮确实很是合适,属于偏活泼可爱的类型。不过晚上她的打扮可就完全不一样了,一身紫色的束腰晚礼服,长裙下摆刚刚盖过脚下黑色的细绳高跟鞋，耳坠也变成了两串晶莹剔透的红宝石，整体风格端庄典雅。一看到这，不禁让人误以为正在参加一场十分重要的晚宴。

不过还好的是，这栋建筑的保温能力着实出乎我的意料，现在就算穿这种露肩的晚礼服也完全感觉不到寒冷。但之前见到她的一连串表现给我的感觉却不是很好，完全没有那种让人想要亲近的感觉，我现在甚至对她有些反感。

面对姐姐刚刚在众人面前的失礼，弟弟霍霖为了避免尴尬，也只好将话题扯开。刚好我和小川来到这里，他便向我们打了个招呼，顺便介绍了一下自己和他姐姐。我当然早就认识了这对姐弟，但小川听到他的介绍却吃了一惊。

"你姓霍？"

霍霖愣了一下，之后还是点了点头。小川本想再问些什么，可这时旁边一个人走了过来。他身着西装，头发花白，年纪应该不小了。

"你是贺放的儿子？"他的声音浑厚低沉，不过说话的音调听起来有些奇怪，普通话不是很标准。

小川毕恭毕敬地点点头，问："您老是……"

"没想到已经长大了啊……也是，这么多年过去了，他这老小子，也从来不给我们介绍一下自己这个宝贝儿子！"他话没说完，突然一拍头，笑着说道，"哦，对了，忘了介绍我自己了，你看我这个记性，哈哈！我呢，名字很好记，赵柱国，赵钱孙李的赵，再加上国家的顶梁柱，听懂了吗，哈哈！我这个名字啊，我确实很喜欢，爹妈取的，朴实刚健。现在想起来啊，那个年代……"

没想到还是位十分"健谈"的老先生……我和小川咬着牙，

一直听他唠叨了好几分钟,小川找了个时机插嘴问道:"赵叔叔,您和我爸是怎么认识的呢?"

刚刚的话还没说完就被打断,老先生似乎还未尽兴,此时他再次开口道:"大概二十年前吧,我那时是个作家,当然现在也还是,哈哈哈!别看我年纪这么大了,我可是个不折不扣的科幻作家哦!九十年代那个时候,什么杂志报纸上啊,到处都是我写的科幻小说。"

没想到这位老先生话这么多,竟然还是个写科幻的,这不得不让我对他另眼相看了。

"好了,不扯这么远了。我和贺兄啊,是在一次科普展上认识的。他这个人,特别痴迷天文,当时在天文展区那儿一个人站了好长时间。我也是奇怪,于是便上前和他攀谈了几句,没想到越聊越投机,最后就成了朋友。不过说是朋友,我觉得他可太不够意思了,很少和我介绍他的家庭,就是你这个宝贝儿子,我也是一次偶然的机会才知道的。你现在呢,在学天文?"

一听到这儿,小川不好意思地挠了挠脖子。"赵叔叔,我学的是金融。"

"这样啊……"听小川这么一说,赵柱国的眼神迅速黯淡了下来。"我还以为他这么痴迷,孩子肯定也逃不了的……不过也好,金融好啊……"

"我小时候确实受父亲影响很大,不过后来……还是没了兴趣,挑了一个最热门的专业学了。"

"天文学确实是有些枯燥,有时候你光是对着天空就得看个一晚上,不感兴趣的话是绝对不能坚持的。"赵柱国叹了口气,随即又说道,"不过十年前在这里见到的那个小娃娃好像没有来,可能是有什么事吧,那个小娃娃当时可是个不折不扣的小天文迷，哈哈！"

　　小川再次尴尬地点点头。我下意识地看了霍霖一眼，他正和姐姐坐在一起聊着什么，不过看他们的表情也知道，主要都是霍雨薇在向他吐槽。从赵柱国的这句话来看，他好像并没和霍霖他们打招呼，不然也不会不知道这一点了。

　　刚好这时老严出现了，他身后跟着一辆餐车，一个年轻的女孩在推着。她看起来很年轻，穿着一身女仆装，应该算是这里的女仆吧，看来刚刚在楼上敲每间房门的也是她。

　　"各位请落座吧，晚餐已经准备好了。"老严的声音还是这么洪亮。

　　老严话音刚落，随即响起桌椅挪动的声响。这里虽说是餐厅，可正如其他房间的简约风格一样，除了中央摆放的桌椅，便再没有其他物件。白色的墙壁在灯光的映照下显得更加苍白。

　　直到这时我才有时间仔细观察围在餐桌边的众人。餐桌是圆形的，上面盖着一块白色的桌布，再往上则是一块圆形的玻璃转盘，和普通酒店餐厅一样的布置。

　　第一眼看过去是坐在我对面的两人，正是下午遇到的那对姐弟，姐姐霍雨薇正低头整理着她的长裙裙摆，看来是刚刚落座的时候弄皱了，弟弟霍霖则双目无神地盯着面前空无一物的餐桌，完全没有了下午刚见面时的热忱模样，看起来心事重重的。姐弟两人左侧隔着一点距离坐着的是一个之前没看过的中年男子，体形壮硕，头发偏长，眼神阴郁，下巴和脸颊两侧都被未刮净的胡楂所覆盖。他和那对姐弟以及我旁边小川的座位都有些距离，看来是个不容易接近的人物。

　　刚刚和我一起下楼的小川则紧邻着坐在我的右侧，我左侧隔着大约一个座位的地方坐着的就是刚刚向我们打过招呼的赵柱国老先生，此时他正襟危坐，目不转睛地看着忙活上菜的少女。我见他目光凝重，和刚才的嬉笑模样简直判若两人。当老严指挥少女将菜肴摆上的时候，他的眼睛顿时亮了起来，拿着筷子的右手已经跃跃欲试了。这时我才明白，原来他是真的饿了啊……我在内心苦笑不已。

陈默思不在，我突然意识到了这一点。这时老严已经开始给餐桌上菜了，我环顾了一下四周，还是没有默思的踪影。就在我想开口提醒的时候，身后传来一阵急速的脚步声，我回头一看，陈默思正小跑着赶过来。

"抱歉，找厕所，耽误了一点时间。"陈默思简单地解释了两句，就在我左侧落座了。我将椅子朝右侧挪了一点，让了一些空间。

老严朝陈默思点点头，并没有因为他的迟到而做过多表情。众人的目光也大多盯在即将上桌的菜肴上面，毕竟现在已经这么晚了，大部分人都饿了一下午。

很快，菜上齐了，总共八道菜一个汤，并没有什么山珍海味之类的东西，都是很普通的菜肴。不过每道菜看起来都是精心准备的，色泽搭配得赏心悦目，简直让人食欲大增。放在最中间的乌鸡汤上方蒸汽腾腾，汤里还有红色的枸杞和大枣。正值寒冬，着实大补。在我面前摆放的是一盘沙丁鱼烙，典型的粤菜，煎至金黄的沙丁鱼整齐地堆叠在盘子中央，上面还点缀着鲜翠欲滴的西蓝花。其他菜肴都有其独特的香味，没过多久，我就已经口中生津了。

"老严，你也快坐下来一起吃吧。"

说话的是赵柱国。其实菜才刚上齐的时候，他就已经开动了。刚才说话的时候，他右手的筷子上还夹着一块红烧肉，正往嘴里送。没想到他这把年纪,还能吃得下这么油腻的食物。

"也好。"老严点点头,示意身边的女孩将餐车推到一旁的角落。

"来,这儿!"赵柱国指了指自己旁边的空位置,示意老严来这里落座。

老严倒也不避讳,径直走了过去。赵柱国放下筷子,腾出手来,将左侧的椅子搬开。

"来,小褚,你也坐吧。"老严指了指赵柱国右侧的位置,目前唯一的空位,也正好在旁边。

女孩刚将餐车推到房间一角,正转身走回来,此时听到老严的话,犹豫了一下,还是顺从地走了过来。在她走过我背后的时候,我似乎闻到了一股香水味,很独特的味道,一瞬间甚至将菜肴的味道完全盖过,是清新的香草味,我喜欢。

我替女孩将座位往后挪了一点,她向我点头以示谢意,柔嫩的脸颊上浮现一抹淡淡的微笑。在她落座后,那种香味仍然存在,忽隐忽现,我的注意力时不时地就被这种味道吸引过去,以至于连吃菜的速度都慢了许多。

"好了,大家停一下,听我来说几句话吧。"过了大约五分钟之后,老严再次说话了,"其实这些话应该在大家吃东西之前说的,不过刚刚看诸位肚中饥饿,就让大家先吃些填一下肚子吧。接下来的话大家边吃边听就行。"

老严顿了顿,接着说道:"大家来这里的时间都不一样,除了今天下午才赶到的四人,其他人互相之间多少都有些了解了吧。"

接着,老严将今天下午才来的我、陈默思以及霍家姐弟依次介绍了一下。在介绍到我的时候,我特意留意了一下身旁女孩的表情,她只是看了我一眼,便没有更多表示了。我心里稍有些失落。再接下来,老严又介绍了其他人,其实经过晚饭前的一番接触,这里大部分的人我都认识了,除了那个看起来不好接近的中年大叔。所以在老严介绍他的时候,我也是特别留意了一下。

原来他叫冯威,四十来岁的样子,身体显然经过常年的锻炼,肌肉虬结,右臂上还有一圈十分明显的文身。就算在介绍他的时候,他也只是哼了一声,并没有向众人打任何招呼。看来确实不好惹啊,我在心里默念。

"这是小褚,全名褚媛,这几天将负责大家的饮食起居。"

原来她叫褚媛,这是我第一次知道她的名字,我不由得看了她一眼。小媛,这是我一听到她的名字后就在心里暗自决定的称呼,她在听到老严的介绍后,显得有些慌张,站起来,低着头,微鞠躬向大家示意了一下。在她坐下的时候,身体撞到了椅子,椅子轻微滑动,发出了刺啦一声。不过众人此时的注意力显然都在老严接下来的话语上,根本没有注意到这些。但我坐在她身旁,还是听到她小声说了句抱歉。真是个可爱的女孩子。

在介绍完众人之后,终于轮到了老严自己。

"老朽严凤宽,今年已经快六十了,论年纪的话应该是诸位之中最大的吧。啊,恕我疏忽,请问赵兄贵庚?"

"双五之数,未及严兄。不过在诸位眼里,我肯定更显老一些吧,哈哈!"坐在一旁的赵柱国笑着回应道。

"赵兄此言差矣。写作之事最为恼人,赵兄有如此成就,也算舍己为人,令人敬佩。"看来老严对这位赵兄的性格极为熟悉,刚刚的这番话显然是早有准备了。

"雕虫小技，何足挂齿。"听到老严的这番话，赵柱国笑着摆了摆手，但也并没有再说什么。

老严继续说道："其实我也是受老友所托，才替他出席这次聚会的。"老严停了下来，面露沉痛之色，"一周前，他去世了。"

"老周他……"听到老严的这句话，赵柱国显得十分震惊。

"没错。其实他已经卧病在床半年多了，一周前在睡梦中病逝。"

"这样……也难怪他没来了……"赵柱国一声叹息，没有再说话了。

刚才的这段时间，餐桌上只有管家老严和赵柱国在对话，其他人不知道是没有兴趣，还是过于谨慎，并没有谁插话。不过通过刚才的对话，我总算知道了一点，这座山庄的主人应该就是两人嘴里的老周，也是他发出了那些邀请函。不过这个老周究竟是怎样的人，仅仅通过这番简短的对话，并不能得到任何有用的信息。餐桌复归沉寂，众人只是默默夹着桌上的菜，除了此起彼伏的咀嚼声，再没有任何多余的声响。

很快，在这种不尴不尬的气氛中，饭局进入了尾声。我吃完最后一块生鱼片，心满意足地放下了碗筷，用纸巾稍微擦了擦嘴。其他人也差不多，除了一直不管不顾乱吃一通、碗碟里高高堆起一堆残渣的陈默思，不过这也和他的一贯作风相符。

众人默默看着陈默思一个人在不停吃喝，既没有说话，表情也没有任何异样。我甚至有一种感觉，正是陈默思的这番举动，才让现场的尴尬气氛得到了一些缓解。这种怪异的气氛大约持续了几分钟，当陈默思最终放下碗筷，满意地打了个饱嗝时，坐在一旁的小媛一时没忍住笑出了声。对此陈默思倒也没有在意,他挠了挠乱糟糟的头发,闭上眼睛,竟然打起了盹。

"小媛,收拾一下吧。"不知是否因为刚刚小媛的那番不当行为,老严显得有些不高兴,言语里明显有些责备的意思。

小媛吐了吐舌头,站起来开始收拾餐桌。众人还是没有什么反应。

"抱歉,我有些累,先回去休息了。"说话的是霍雨薇,她拉开椅子站了起来,看起来精神确实有些不好,和晚饭前简直判若两人。刚刚她也没有吃多少,大部分时间都在用手中的筷子,无聊地捣着自己碟中的菜品。

"对了,你们有安眠药吗?"霍雨薇突然问道。

之后我们都摇了摇头。

霍雨薇显得有些失望,随后她向之前我们来时的方向走了过去,应该是真的准备上楼休息去了。霍霖犹豫了一下,也向我们稍微欠身,跟在姐姐身后,一起走了。就在这时,一直阴沉着一张脸的冯威也站了起来,话也没说转身就走。短短十几秒的时间,餐桌上已经少了三人,刚刚那表面上看起来的热闹顿时消散了许多,反而显得有些空旷了。

赵柱国此时也站了起来,伸了个懒腰。"抱歉,年纪大了,这才坐了一会儿,身体就有些受不住了。对了老严,那封邀请函,你看了吗?"

没想到赵柱国此时提到了这个,看来他对此也有些在意吧,毕竟上面有那样的字眼。

"什么邀请函?"老严显得有些困惑。

"你不知道吗……"一向稳重的赵柱国也吃了一惊,"邀请我们来这里的,那封紫色的邀请函,你没看过?"

"没有,我没有准备这个。"

"那老周呢?"

老严再次摇了摇头。"据我所知,老周也没有发出过这种东西。"

"竟然是这样……"赵柱国放弃了努力,显得有些丧气。

没想到那封邀请函,竟然不是这次的主人准备的,这是计划之外的产物。这完全出乎我的意料。

"老赵,那封邀请函,能给我看看吗?"

赵柱国从西服内侧的口袋里掏出了那张紫色的邀请函,递给了管家严凤宽。老严接过这封邀请函后,先是前后看了看,然后他从上衣口袋里拿出一副老花镜,打开邀请函,仔细端详了起来。

"这绝对不是老周发出去的,他绝对不会写这种话。"一连的两个"绝对",显示出了老严的强硬语气。

"那会是谁?"

"不知道。"

谈话一时陷入僵局。赵柱国此时也重新坐了下来,他整理了一下刚刚找邀请函时弄乱的衣领,随后又解开了衬衫最上面的那颗纽扣,看起来有些烦躁。

"老严,你应该知道,十年前的今天这里发生了什么吧?"

管家严凤宽点点头,赵柱国继续说道:"这也是我们十年后再次聚在这里的原因。收到那封邀请函后,我本以为是老周还对那件事耿耿于怀。"

"老周确实一直没有忘记那件事,虽然他嘴上不说,但十年来我几乎每年都会见他一两次,他看起来一直郁郁寡欢。"

"果然……"赵柱国再次叹气道,"其实十年来,我心里多少也有些愧疚,要不是十年前在这里发生了那种事,他也不会那样了。"

"老赵，你也不要这么想，事情都过去了，况且老周都已经不在了，而且老贺也……"

一想到故友的接连去世，连一向沉稳的老严也激动得说不出话来了。谈话中断了一段时间。

"小褚，你先送老严上去休息吧。"

已经将餐桌收拾得差不多的小媛，此时正在更换新的桌布。在听到赵柱国的话后，她停了下来，看向管家严凤宽，似乎在等他的吩咐。

"抱歉诸位，刚刚有些失礼了，我就先失陪一下。有什么问题，尽量都问小褚，她会处理的。"

向我们吩咐完这些事后，老严站了起来，完全失去了之前的那股精气神儿。现在的他，像是突然老了十岁。在小媛的搀扶下，他走得颤颤悠悠的，很快就离开了我们的视线。老严一走，餐桌上就剩下我们四人。我看了一眼陈默思，他还在打瞌睡，我简直都无语了。

"小川，你父亲是怎么去世的？"

"直肠癌。"小川平静答道。

赵柱国点点头。"一年多前，我收到了一通电话，才知道老贺他已经去世了，不过当时我正在国外参加一个科幻大会，没来得及赶回来参加老贺的葬礼……你母亲，她还好吗？"

"还好，现在信了主，每周都会去教堂一次。"

"这样……也好吧。"赵柱国叹了口气，没有继续这个话题，反而向我问道，"对了，你们是怎么来的？如果我没记错的话，你叫陆宇，是吧？"

我点点头，再次介绍了我和陈默思两人，也将我们怎样拿到邀请函的过程再次叙述了一遍。听完我的叙述后，和之前小川的反应一样，对于推理作家界楠的去世，赵柱国同样显得十分吃惊。

"没想到界楠老弟也走了，他才四十几岁啊……十几年前，我们几个因为共同的爱好互相认识的，没想到现如今只剩下我和老严了……真是时光催人老啊！"赵柱国不住地感慨道。

"对了，赵老先生，那个冯威……十年前他也参加了那场聚会吗？"现在也只有这个人是我所不熟悉的了，所以趁着这个机会，我赶紧向他询问起来。

听到我的询问，过了一会儿，赵柱国才从刚才的情绪中缓过来。"其实我对他也不是很熟，不过他确实参加了十年前的聚会，他是老周带过来的，所以老周应该认识。"

没想到连赵柱国对冯威也不是很了解，但老周已经去世了，看来只有想其他办法了。我定了定神，直接进入问题的核心："十年前，究竟发生了什么事？"

听到我的话后，赵柱国显得有些犹豫，他看了一眼我身旁的小川。我能感觉到小川的身体突然紧绷了起来，他双眼紧盯着赵柱国，看来对这个话题也是颇为在意。

"十年前，这里死了一个人。"赵柱国犹豫了许久，最终还是开口说道。

正当我想继续询问的时候，身后响起了脚步声，原来是小媛回来了。她看了我们一眼，将刚刚没有完全铺好的桌布整理好，推着收拾好的餐车离开了这里。

短暂的安静后，赵柱国再次说道："具体的事情比较复杂，现在也不早了，要不我们下次再讲吧。"

"也好。"我本想再追问几句，可见到老先生已经站起，便不好再多问了。

"你们还是早点儿回去吧。"老先生丢下这句话后，就转身离开了，偌大的餐厅只剩下了我们三人。

我和小川相视一眼，也都站了起来，看来这件事还得从长计议，着急不得。我拍了拍仍在打瞌睡的陈默思，他猛地怔了一下，才睁开双眼。

"怎么了，都结束了？"他大声询问道。

"嗯。"见到默思这样子，我哭笑不得地点了点头，"要睡觉就回房间去吧。"

"唉，刚刚本来做了个好梦，你猜我梦到了什么，大鸡腿哎！可惜被你这么一搅和，啥都没了！你说你该不该赔我……"

"好了好了，赔你行了吧！"

"这还差不多……"

好不容易打发了仍在嘀嘀咕咕的陈默思，我们三人一起往回走去。这时，脑海中突然想起了刚刚赵老先生说过的话。

你们还是早点儿回去吧。

这句话的意思究竟是让我们早点儿回去休息，还是让我们回到我们该回的地方呢？直到事发之后，我才明白，误打误撞中，这真的成了一句善意的提醒。

时间的灰烬 1

　　我写下这个故事，完全是因为一个朋友，在这次事件中，她永远地离开了我们。

——题记

　　那是很冷的一天，后来还下了好大的雪。我们一行人来到了一个很是偏远的山庄里，为的是一次难得的直接观测日环食的机会。
　　我们是一个很小的天文爱好者团体，虽然有些人很早就认识了，但由于平时各自工作忙碌，很少有这种组织活动一起参加的机会。这次活动的发起者是朱庇特，当然，这不是他的真实名字。我们这个天文爱好者团体中的每个人，都有一个自己的代号，分别是太阳系八大行星中除了地球之外的其他七大行星的名字。朱庇特，也就是木星，罗马神话中的众神之王，在太阳系八大行星之中，它也是质量和体积最大的。当然，朱庇特使用这个代号也是实至名归，因为他是我们几人中间最为活跃，也是最为有钱的。要知道，我们这次要去的这个山庄，就是他出资建造的。

我们这个团体中本来只有一位女性，所以她的代号就是维纳斯，罗马神话中爱与美的女神。可以说，维纳斯是我们这个团体中几乎所有男性都仰慕的人。她很美，就像爱神维纳斯一样，这丝毫不夸张，我们大家都为之倾倒。不过直到最近，我才知道，原来她已经心有所属，这个人就是朱庇特。虽然听到这个消息的时候，我们其他几位男性都感到很遗憾，但也仅仅是一瞬间的感觉，很快我们便坦然接受了这一事实，衷心地祝福他们了。

几人中和我关系最好的是萨杜恩，我和他很早之前就认识，但和我不一样的是，他很早就成家了。我认识他的时候，他孩子都已经上小学了。罗马神话中的农神萨杜恩，掌管播种和种植，教人耕种，培植果木，勤勤恳恳。而我所认识的这个萨杜恩，其实也相差不远，他为人老实，平时最喜欢的就是阅读各种科普杂志，再就是用他自己买的那个小型天文望远镜观测星象。另外，尤其需要指出的是，我这个朋友萨杜恩，他有一个儿子，因为他自己喜欢天文，所以他特别想让他的儿子也热爱这个。我认识他的时候，他儿子确实也是个小天文迷。但后来，这小子却跑去学其他的了，可把我的朋友给气坏了，据说他们好长一段时间甚至连一句话都没说过。也许这就是农神萨杜恩的诅咒吧，农神萨杜恩也被他的儿子推翻了自己的王位。

我是一个推理小说作家，在这个团体中的代号是乌拉诺斯，意即天王星，希腊神话的天空之神，也是八大行星中唯一以希腊神话中的天神命名的行星。在古希腊神话中，农神克洛诺斯（罗马神话中的萨杜恩）是众神之主宙斯（罗马神话中的朱庇特）的父亲，而乌拉诺斯则是农神的父亲。这么说来我的辈分还是众人之中最高的，但说来惭愧，这并不是因为我本人的声望高，只是刚好我加入团体的时候，前面几大行星的代号已经被别人用了，仅此而已。

　　身边的朋友听到我是一个作家时，往往会竖起大拇指，也就是"哦，大作家啊"这样的意思。每当我听到这样的称呼时，都惭愧不已，虽说我的确出版了一些推理小说，但目前也仅能糊口而已。作家远非人们想象的那样，能实现生活独立并留有余资的总是少数那些运气好的家伙。很遗憾的是，我并非他们中的一员。我也是在为一本推理小说收集相关素材时，才刚好与萨杜恩认识的。

　　推理小说发展到今天，诡计什么的早已被上百年来的推理作家们写得差不多了，留给我们的仅仅是一些残羹冷炙。稍有不慎，便有撞梗甚而抄袭的嫌疑。为了能稍稍吸引一下在岸边苦苦觅食的读者们，我们不得不加入其他元素，才能将这些迷途的羔羊成功拖下水。我的策略就是，在推理小说的叙事中融入科幻背景，如果能一举赢得两个领域读者的赞赏，岂不美哉。以往的科幻推理作品中，不乏挂羊头卖狗肉者，也不乏欲二者得兼却一无所获者，所以要真正写出好的科幻推理作品，其实还是很难的。

　　说到这里，我的另一个朋友可能对此深表赞同。他在团体中的代号是水星墨丘利，罗马神话中专为众神传递信息的使者。他也是一个作家，只不过是一个纯正的科幻作家。与我这种半道出家只有半桶水的伪科幻作家不同，他一开始便是写科幻的，而且他的年纪也比我大很多，可以说他起码比我多写了二十几年的科幻。而他这个家伙也经常以这个理由冠冕堂皇地敲打我，美其名曰前辈对晚辈的提携与关爱。所以，别看他外表稳重成熟，其实就是个为老不尊的老顽童。不过他科幻小说写得可真不赖，说实话，从他身上我的确学到了很多。

我们这个天文爱好者小团体中，我比较熟悉的就是这几位了，平时的活动也大都是我们参加。但这次的深山之行中，还有其他三位新的成员，分别是战神玛尔斯、海神涅普顿和冥神普鲁托。战神玛尔斯，火星的代名词，而与战神这火暴脾气完全不同的是，这位代号玛尔斯的新成员却是一个沉默寡言的人，虽然他确实有一身堪比大力神的壮硕肌肉。从他可以取得代表火星的玛尔斯这一代号来看，他加入我们这个团体应该很早，但我之前一次都没有见过他。后来我问了更早加入进来的墨丘利才知道，这个玛尔斯是朱庇特邀请参加的，也只有朱庇特才比较了解他，其他人貌似都不是很熟悉。

另外两位，海神涅普顿和冥神普鲁托，现实生活中其实是一对姐弟。这位姐姐我之前见过，最近才加入了我们这个团体，大概也就二十岁的样子，在这之前，她也参加过一次我们的活动。人长得漂亮，也特别会打扮，可却不是我喜欢的那种，这可能也是因为她那个爱张扬的外向性格所导致的吧。她说话也经常毫无顾忌，说是毒舌可能有些过了，不过言辞犀利倒是比较中肯。我们中可能也就维纳斯和她关系比较好吧，毕竟同为女性，上次的活动中，她们大部分时间都待在一起，亲近的程度甚至让朱庇特都有些无可奈何。

普鲁托虽然有个冥神的代号，却只是个十岁左右的小男孩，和他姐姐不一样，他是一个十分腼腆的孩子。虽然他小小年纪，却从小就对天文有着强烈的兴趣，这次的活动计划中本来是没有他的，他原来也不是我们的成员。当他姐姐将我们这个活动的消息带给他的时候，他几乎疯了一样地央求姐姐带他一起去。我们一开始也很为难，毕竟他年纪这么小，安全问题也是很重要的。不过萨杜恩却保持着乐观的看法,觉得让他去也没什么,毕竟这么多大人在,谁都可以照顾。我知道这与萨杜恩对自己儿子失望,从而将希望寄托在其他孩子身上有关,但他说得也不无道理。最后拍板的当然是这次活动的发起人朱庇特,当普鲁托听到他可以一起来的时候,兴奋得几乎跳了起来——按他姐姐的描述是这样的。不过由于我们其他人已经将太阳系八大行星中除地球外的其他行星代号瓜分干净,因此只能给他一个曾经九大行星之一的冥王星普鲁托的代号——普鲁托同时也是迪士尼动画中一条可爱的狗的名字,这么说来倒也还挺合适的。

我们本来打算各自开车去,但出发的前几天雨雪纷飞,可以预想的是山路必然十分崎岖,如果真的弄成一整个车队的话,恐怕也不太妥当。况且涅普顿才刚刚在大学拿到驾照,让这样一位新手驾车行驶在如此泥泞的山路中,安全问题更得不到保证。最终在大家的商量下,决定由朱庇特驾驶一辆小型客车,将我们一齐带到位于深山之中的山庄去。对于朱庇特而言,弄来这么一辆小型客车还是轻而易举的。况且为了观测日食,我们还携带了很多必要的摄影器材,这样一辆小型客车,也完全够用了。不过有些遗憾的是,朱庇特的那辆最新款玛莎拉蒂GT MC Stradale我就不能得见了,这让同为车迷的我萎靡不振了好几天。

虽然事先做了很多安排,但毕竟天有不测风云,这连绵的阴雨天气也不知何时才会停止,要是观测那天也是这种天气可就糟糕了。在准备如此充分的条件下观测日食的机会可不是很多的。为了这次观测,我们可是把全部的身家都带上了。尤其是朱庇特,为了观测这次日食,有钱任性的他甚至特地买了一台全新的小型天文望远镜，光是镜头的价格就是我们普通人所难以企及的，对此我们其他几位只剩叹气的份儿了。

不过巧合的是，发生日食的那天刚好是我们中某个人的生日——不是别人，正是让我们所有人都着迷的女神维纳斯。我心里想的是，会不会正是因为这个原因，朱庇特这次才会这么重视，甚至不惜花费大代价，造了这一整座山庄。而且，整件事我们一开始都是被蒙在鼓里的。发生日食之前的那段时间朱庇特经常缺席我们的聚会活动，现在想来，原来那段时间他都在忙着建造这个秘密山庄。直到朱庇特向我们公布观测日食的整个计划时，这个山庄才第一次为我们所知。日月山庄，这是它的名字。

不过，整个山庄的建筑风格却与其名称颇为不符，这点从我们刚开始进入山庄的那一刻就发觉了。整个山庄最为明显的就是那座漆黑甚至有些诡异的壳状建筑，通过一种独特的设计，整个建筑的外表面竟看不出一丝缝隙，透露出浓浓的神秘气息。刚开始连门都找不到，在我们吃惊了足足好几分钟之后，建造这座馆的人——这里的主人朱庇特——才站了出来，给我们介绍了他是如何设计这座馆，这座馆又是如何巧夺天工的，诸如此类，不胜枚举。直到我耳朵快起茧子了，他才停了下来。不过不用他讲，我也知道，这座馆确实足够优秀，配得上巧夺天工这个通常只在描述完全没有缺点的事物时才会用的稀有之词。这也让我对接下来几天在这座馆里的体验充满好奇，我实在想看看，这座馆究竟有什么神奇的地方。

没让人失望的是，我们进去没多久，第一件值得称赞的事就来了。整座馆其实是一个环状结构，共分两层，不过目前装修好的仅有第一层。这第一层共有十二个房间，依次以十二星座命名。

十二星座最早起源于古巴比伦时期的美索不达米亚平原，那里的牧羊人观察星空，借由想象，将较亮的星星相互连接，便形成了以各种动物、用具甚至他们所信仰的神为基础的星座的概念。两千多年前希腊的天文学家希巴克斯为标示太阳在黄道上运行的位置，就将黄道带分成十二个区段，以春分点为零度，自春分点算起，每隔三十度为一宫，并以当时各宫内所包含的主要星座来命名，依次为白羊、金牛、双子、巨蟹、狮子、处女、天秤、天蝎、射手、摩羯、水瓶、双鱼等宫，称之为黄道十二宫，总计为十二个星群。

图2 日馆一层房间示意图

这种房间格局的设计，我很喜欢。

其实不光是我，我们这个天文爱好者团体中的哪个人不是星座迷，这种以星座命名房间的设计得到了我们的一致好评。最后房间的分配，也是依据我们各自的星座来进行的。我、萨杜恩、墨丘利、玛尔斯以及涅普顿、普鲁托两姐弟分别被分配在了摩羯、射手、天蝎、双鱼、天秤以及处女座。唯一有些问题的，就是朱庇特和维纳斯这对恋人了，他们的生日相差不多，星座都是双子座。当然，反正他们是恋人，让他们住在一个房间，倒也不是不妥。我甚至怀疑，这一切都是朱庇特这家伙一早就安排好的。

不过出乎意料的是，朱庇特倒也没趁机占这个便宜。原来他早就想到了这个问题，于是便事先将二楼对应于双子座的房间也给装修好了。虽然要赶在大家入住之前将整个二楼装修好有点困难，但仅装修一个房间还是可以的。于是最后的结果是，仅有维纳斯住在了二层，也就是朱庇特房间的正上方。不过鉴于二层还没有完全装修好，按照朱庇特的说法是，里面杂乱无章乌烟瘴气，因此通往二层的楼梯也被暂时封闭了。但毕竟维纳斯是要住在上面这一层的，正当我们为此发愁的时候，朱庇特哈哈大笑了起来，因为他早有安排了。

实际上，除了门口那个直接从一层通往二层的楼梯，这里相同星座的上下两层房间都是有连通的。比如一二层的两个双子座房间，在一层的天花板也就是二层的地板上其实有一道隔扇，通过位于一层房间里的一个小型木梯，完全可以进入二层正上方的那个双子座房间。虽然我不知道朱庇特这样安排的用意何在，但这至少解决了我们目前所遇到的困难。

在安排好一切之后，我们每个人都进入了自己的房间。那天我记得大家都睡得很早，也许是因为对即将出现的日环食感到激动的缘故，那天晚上我失眠了，直到凌晨四五点才好不容易入睡。这里的窗户很高，通过窗户我只能看到夜晚的天空，很多星斗闪亮。

入睡后我做了一个梦,梦中一个硕大的蝎子追着我,它那弯弯的尾钩发出冰冷的寒光。我躲在一个山洞里,蜷曲着,瑟瑟发抖了一晚。

日月星杀人事件 2

前一天晚上睡得太早，第二天一大早我就醒了。我在枕边摸到手机，想看眼时间，才发现昨晚忘记充电，手机早已关机了。我将手机一丢，拉过被子，想要再蒙头大睡一觉，却总也睡不着。

我索性掀开被子，一个翻身下了床，却感觉有些口渴。拉开窗帘，窗外还是很暗，太阳还没有升起，恐怕现在连六点都没到吧。我打了个哈欠，甩了甩头，逐出脑子里最后一丝睡意。

印象中隔壁不远的房间就是咖啡间，到那里自然就有水喝了。打定主意，我随便套了件毛衣，穿好牛仔裤，便出门去了。出门右拐是台球室，再接下来就是咖啡间了。早晨走廊的灯光很暗，不过还好墙壁是白色的，倒也能看清四周。凭着记忆，我来到了咖啡间门前，周围没有一点声响，有点瘆人。

正当我准备拧开把手进门时，我注意到了里面似乎有一阵窸窸窣窣的声音，声音断断续续的，很不连贯。难道里面有人？不管怎样，我还是打算进去。右手握住门把手，轻轻旋转，房门没有上锁，很轻松就拧开了。倏地，我被里面明亮的光线刺得闭上了双眼。

"陆先生？"

"小、小媛？！"

在暂时失明的慌乱中，我听到了小媛的声音——这里只有两个女生，我很容易就判断了出来。当双眼的刺痛消失，视力恢复时，眼前的景象印证了我的猜测，我心里不觉有些高兴了起来。小媛正从一旁的消毒柜里将杯子一个个拿出，放到手中的托盘上。我瞟了一眼桌上已经准备好的咖啡豆，她现在应该是在准备早餐要喝的咖啡。

随着托盘上马克杯的增多，托盘的重量有些超出预期，单手撑着托盘的小媛显得有些吃力。我赶紧上前帮忙。

"谢谢！"小媛轻声向我道谢。这时我突然发现，刚刚下意识喊出的小媛，竟然被她默认了。我心里顿时高兴起来。

我帮小媛拿着托盘，她从消毒柜的上层取已被消过毒的马克杯，双手的效率果然很高，很快托盘就被放满了。我将放满马克杯的托盘放在桌子上，小媛数了一遍，然后露出满意的微笑。我也数了一下，一共八个，我在心里快速盘算了一下，除去小媛，这里确实有八个人。

"你不喝咖啡吗？"

"你忘记了嘛？我只是个仆人啦！仆人自然有仆人的本分。"小媛俏皮地说道。她走回消毒柜，又拿出了一些勺子。

这时我才注意到，此时的她身上还是那套女仆的服装，感觉只差个猫耳，就和二次元动漫里的女仆一样了。虽然我不算个女仆控，可对于这种可爱女孩子的装扮，还是没什么抵抗力。

"那你现在能给我冲一杯咖啡吗？我有些口渴了。"话一说出口，我就有些后悔了。我这么说确实有点大胆了，会不会惹她生气？

"好啊！"正当我内心着实不安的时候，小媛却对此习以为常,"不过,一大早醒来就喝咖啡对身体可不好,我帮你倒杯橙汁吧。"

说着,她从消毒柜里取出了一个干净的玻璃杯,又走到冰箱旁,打开冰箱取出了一盒未开封的橙汁。见小媛一点也没有怪罪我的意思,我悬着的心很快就放了下来。

很快,一杯橙汁就倒好了,小媛把它递给了我。我低声谢过,将装满三分之二橙汁的玻璃杯接了过来。刚刚从冰箱里拿出来的橙汁有些冰凉,不过现在室内温度也不低,饮料温度刚刚好。我仰起脖子,将玻璃杯凑近,液体滑过喉咙这一瞬间的感觉很是舒服。咕噜咕噜喝了几大口,橙汁很快就见底了。

"还要吗?"小媛笑着问道。她晃了晃手中刚刚打开的饮料盒,我不禁咽了口唾沫。

见我这样,她扑哧一声笑了出来。"好,拿来,我再给你倒一杯!"

我不好意思地将不剩一点的玻璃杯递了过去,她接过后倒了满满一大杯,然后又小心翼翼地递给了我。这次她倒的饮料确实很多,液面已经快到杯口了,我也十分小心地接过杯子,赶快抿了一口。之后我又喝了几口,刚刚的口渴感早已不再,取而代之的却是满嘴的甜腻感,看来是橙汁喝多了。橙汁还剩下一半,我便把玻璃杯放在了桌子上。

这时窗外已经有些许亮光,早晨的第一缕阳光应该很快就会来临。已经很久没有见到日出了,我竟然有些期待了。我脑海里回忆着,上次起这么早是什么时候的事呢。不知不觉中,我伸直双腿,心满意足地伸了个懒腰。

"糟了!早餐还没做呢!"小媛突然大声说道,语气显得十分慌乱。她看了我一眼,犹豫了一下,接着像是打定了什么主意,向我说道:"能到厨房帮帮我吗?"

我毫不犹豫地点点头。等我反应过来的时候,我已经在飞奔向厨房的路上了,右手被小媛拽着,就这么一直向前奔跑。厨房就在昨天我们吃晚餐的餐厅旁,没几步我们就到了。当然,这还是在小媛的尽力拖拽下。经过一番激烈运动后,本就缺乏运动的我此时早已气喘连连。而反观小媛,脸色如常,连喘都不喘一下,相比之下我简直有些无地自容了。

我歇息一会儿后,呼吸才稍微平顺了些。而小媛早已在忙碌了,此时她正在洗涤池里清洗着什么。

"需要我怎么帮忙?"

"刀工怎么样?"小媛头也不回地问道。

"还行。"虽然嘴里说着还行,其实我切菜只能用龟速来形容,还要时常提防着不要切到手。

"喏,这些给你,切成丝。"

小媛停下了动作,关闭水龙头,将一盘刚清洗好的生菜递给了我。

"还有那些小番茄,切成片就行。"

我扫了一眼在一旁整齐摆放的小番茄,小声嘀咕了起来:"这是要做蔬菜沙拉吗……"

我找到一把菜刀,稍稍清洗了一下,便开始给生菜切丝了。这个并不难,只不过我的速度很慢。在我切菜的过程中,小媛从冰箱里取出了几个鸡蛋,打碎去壳,紧接着开始搅拌。之后,她又从冰箱里取出了吐司、火腿和奶酪,分别切片,然后将片状的火腿和奶酪一起夹在了两片吐司中间。在准备好这些后,她打开灶台电源,开始给锅底加热。此时我正在切小番茄,直接一刀切作两段,倒也轻松。

不过在完成这份工作之后,小媛又吩咐我将她刚准备好的吐司两侧分别蘸上打好的蛋液。而她则给热好的锅底倒了一些橄榄油,看来是要煎了。很快,我第一份蘸好蛋液的吐司完成,交给小媛,她小心翼翼地放到了油锅里,瞬间响起了油炸产生的滋滋声。没过一会儿,小媛将吐司翻面,刚被煎过的那面泛起了金黄色,再加上锅里不断散发的香味,我不禁咽起了口水。

"出锅咯,新鲜美味的法兰西吐司,要不要尝尝?"小媛故意将碟子凑向我,眼里满是笑意。

"好啊,我来尝尝。"话一说完,我突然将嘴凑近碟子,假装咬向碟中的食物。

"啊!"她吃惊地大呼一声,将碟子移开,随即气鼓鼓地看向我。

我扑哧一声笑了出来。

"不给吃,就是不给吃!"她显然也知道我刚才是故意的,但还是朝我做了个鬼脸。

我拿她没办法,只好笑了笑,帮她继续将下一份吐司蘸上蛋液。见我这样,小媛也没有再闹。很快,新的蛋液吐司完成,随即就下了锅。在我们的协作下,九人份的法兰西吐司很快就完成了大半。

"小媛,你本来是做什么的?"在给吐司蘸蛋液的间隙,我向小媛问道。

"你猜?"小媛略显调皮地回应道,又将问题甩给了我。

"学生?"

小媛摇了摇头,示意我继续猜。看她这么年轻,我依次给了几个答案,可依旧被小媛给否定了。

"该不会是厨师吧?哈哈!"

"哈哈！你真聪明，可惜也不对。"小媛向我吐了吐舌头。

我不禁向小媛翻了个白眼。

"怎么样，猜不到吧？那我告诉你吧，其实啊，我是个——杀人凶手！哈哈，怕不怕？"

看着小媛满脸的嬉笑，我一时也不知该说什么才好。她笑了好一段时间，才稍稍停了下来，看着我。"算了，看你这傻瓜样子，永远也猜不到了。我的工作很简单，秘书啦，秘书！"

"秘书？"

"你应该知道吧，这座山庄的主人，鸿海集团的董事长——周弼。"

我点点头，又摇了摇头。

"不会吧，你连这个都不知道？"小媛一脸伤透脑筋的表情，"这么跟你说吧，周总可是本市富豪榜前十，可以说是最有钱的那批人之一了，这下懂了？"

"而你是他的秘书？"我终于开口道。

"算是吧。"

"算是？"我对小媛的话越来越感到好奇。

"你也知道，他那种地位，要做他的秘书，可是难上加难啊！所以……"小媛露出一种略显神秘的微笑，"你知道他的另一个身份吗？"

"不知道……"我再次摇了摇头。

"周总一直很喜欢阅读科幻小说，所以，他同时也是本市科幻协会的会长。我就是他这方面的秘书。你也知道，周总平时公司的事就很忙，其他方面的工作也总得有人帮忙不是？"

"所以你就是了？"

"那当然！"小媛不无得意地肯定道。

我正想调侃两句,突然小媛大喊一声"糟了",随即便手忙脚乱地用木铲将锅里的什么东西铲了出来。我一看,原来是她之前放入锅中煎炸的吐司,只不过现在其中一面已经焦成黑炭了。

"啊……都怪你,和我聊天!"小媛单手叉腰,向我嘟着嘴,一副气鼓鼓的样子。

"我……"

"我什么我!还不赶快准备新的吐司!"

得得得……和一个生气的女人讲道理显然不是个明智的选择。我从冰箱里又取了一些材料,按照小媛刚刚的做法准备重新组装一个吐司。小媛见我行动迅速,倒也没再说话,手起铲落,将刚刚煎煳的吐司扔进了垃圾桶。

眼见看起来这么好吃的食物被白白丢弃,我心中感到颇为可惜。就在这时,我肚子颇为应景地叫了起来。这一瞬间,甚至连空气都静止了。

"哈哈!"果然,小媛扑哧一声笑了出来。我的脸瞬间变得滚烫。

不过小媛只是笑了一下,她看了我一眼,随即给我递了一份之前煎好的吐司。"这个给你,你先吃吧。"

我犹豫了一下,最终还是挠着头接过了这份大礼。肚子又不听话地叫了一声。我赶快咬了一口手中的法兰西吐司,想要止住这种尴尬。确实很好吃,外焦里嫩,一口咬下去,身体顿时有了暖意。

"不过别忘了,再准备一份,你刚才吃的。"小媛一边提醒我,一边将我刚刚拼好的吐司轻轻地放到油锅里,刺啦声再次响起。

后来,小媛可能是怕刚才不用心导致的惨剧再次发生,所以只是偶尔才和我聊两句。我也一直都没闲下来，按照小媛的吩咐，将她煎好的法兰西吐司、煎蛋以及我之前切好的生菜和小番茄组装拼盘。最后的结果倒也不赖，我站在自己完成的作品前，足足看了两分钟。

最后就是咖啡了。不过准备好这些早点就已经将近七点半，还要叫醒其他人来吃早餐，为了节省时间，这份工作我就主动请缨了。小媛先是为难了一下，不过一想到时间真的不够了，便同意了我的建议。之后，我和小媛一同离开厨房，她径直去了咖啡间，而我则沿着昨晚小媛的足迹，开始一个个地敲门。

敲门的过程确实是很累的，我这才知道昨晚小媛的辛苦。
较为轻松的是管家老严和赵柱国的房间，两位老人家早就醒了，所以我一敲门很快就收到了回应。最为麻烦的就是陈默思这家伙了，我在他房门前足足敲了两分钟，他才懒洋洋地回了一句，之后肯定又睡过去了，看来待会儿还得回来叫醒他。接下来小川的回应倒也干脆，不过值得注意的是，冯威不在房间，这个时候，不知道他会在哪里。

令人难堪的是，在叫醒霍雨薇的时候，我竟然遭受了一顿无名之火，隔着房门，我都能感受到枕头砸过来的震动。看来大小姐脾气不小，我喊了声抱歉便赶紧溜走了。接下来就是最后一个人——霍霖，他也是我来这里认识的第一个人。有了刚刚的教训，我只是轻轻敲了一下门，没想到门马上就打开了，露出了一张熟悉的稚嫩脸庞。

"早！"

霍霖竟然这么早就醒了，我一时慌了神，赶紧也回了一声"早"。

"吃早餐了啊,也是,肚子有点饿了。现在下去?"话一说完他就打了个哈欠。

"差不多。"

我心里盘算了一下,刚刚敲门花的这些时间,也足够小媛准备好大家的咖啡了。于是我就和霍霖先来到了咖啡间,果然,小媛已经不在了。看来她已经准备好咖啡,去往餐厅,我们也很快赶了下去。来到餐厅的时候,餐桌前已坐有一人。

"你们也来了啊!"赵老先生看起来精神很好,他邀请我们坐下,随后又说道,"年纪大了,早上醒得早,饿得也快,来,你们也吃吧。"

说完,他把手里拿着的已经啃了一半的吐司放下,又喝了一口咖啡,一脸十分满足的样子。我没有马上就吃,其他人还没有到,我想着再等一下。不过旁边的霍霖倒是直接就拿起一块吐司吃了起来。

"你姐还没起来?"赵柱国问道。

"没。"霍霖嘴里塞满了吐司,勉强把这个字说清楚了。看来这么高的个子每天需要补充的能量也很多吧。

"和十年前一样,没想到她现在还是这么贪睡!她以前还和我吐槽说她有个贪吃的弟弟,你们这一对姐弟,哈哈!"

霍霖此时正就着咖啡,把嘴里的食物咽下,听到老先生的这句话,他不好意思地挠了挠头。

"十年前的这时候,你才十岁吧,你姐也才不到二十岁。虽然我不知道你怎样,不过你姐变化可真大,我都差点儿认不出来了。和我这个糟老头子相比,你们现在正是最好的时光!怎么样,有女朋友了吗?哈,脸红了,别不好意思!如果没有的话,老头子我倒可以帮你介绍介绍。别看我这样,我说到底还是个作家的,女粉丝多少也是有的,个个都是年轻貌美的女孩,单身的也多得是。你觉得怎么样,要不给你介绍一个?"

面对眼前这个不太正经又啰唆的老先生,霍霖吓得赶紧摆了摆手,连手上拿的食物都差点儿掉了。霍霖果然还是太年轻了,估计还是个在校大学生,为人处世方面还差点儿火候。我有点看不下去,便帮忙说道:"赵老先生,你就别打趣霍霖了。"

"是嘛,也好,哈哈!你这样看起来还是太老实了,以后是要吃亏的!不像我姐,以前就很会说话,现在也成熟了许多,不过这爱睡懒觉的毛病,却还是和以前一样!"

"是谁在说我坏话呢?"

一道尖锐的声音传来,现场瞬间沉寂了。霍雨薇走了过来,今天的她又换回了平常的服装,牛仔裤和牛仔外套的搭配,显得十分干练。她拉开一张椅子,正好坐在赵柱国的对面。我看了一眼赵柱国,刚刚滔滔不绝的他此时正低着头,装作默默喝咖啡的样子。霍霖也只是吃着东西,并不说话。

气氛变得尴尬了。

"咳,那个,你昨晚睡得好吗?"

话一出口,我就有点后悔。这种白痴问题,也只有我才说得出口了。

霍雨薇看了我一眼,嘴角微翘,看不出是笑还是不笑。"还行。要不是被你吵醒,我当然要多睡会儿。在某些人的眼里,我还是做个懒虫好。"

看来连带着我也被损了一下,我心里苦笑一声。我不知道她和那个不正经的赵老先生有什么恩怨,不过从刚刚两人的表现来看,确实相处不洽。霍雨薇端起咖啡喝了一口,微微点了点头,看来她对这个咖啡还是满意的。不过她也只是喝咖啡,面对盘中的食物,并没有吃的意思。

这种略显尴尬的气氛又持续了好一会儿,我本以为等到有其他人来,这种情况就会好很多。可很长一段时间,都没有人走过来。小媛也没有来,可能是有其他的事情吧。

"十年前,到底发生了什么事?"

等我反应过来,这句话已经说出口了,再想反悔都来不及了。确实,这种时候聊这种话题有些不合适。我很明显地注意到,霍雨薇皱了皱眉,脸色瞬间难看了起来。她好像一直对提起这件事很是排斥。

霍霖自然是看姐姐的脸色行事的,所以他也没有说话。倒是赵柱国,他放下刀叉,用手边的纸巾擦了擦嘴,随后看着我,说道:"小兄弟,事情没有你想象的那么简单。"

听了他的这句话,我本以为是他又反悔不想说了,心里顿时沉了下来。可随后赵柱国又说道:"不过,倒也不是什么不能说的事情。都过了十年了,还有什么不能释然的呢?"在说出这句话的时候,赵柱国的眼睛是看着霍雨薇的。

霍雨薇把脸扭开,不去看赵柱国,不过也没有阻止他的意思。赵柱国继续说道:"十年前,我们这群天文爱好者,在老周的号召下,来到了这座日月山庄。当时这座山庄才刚刚建好不久,当然,这也都是老周的功劳。而我们来到这里的唯一目的,就是观赏日食。"

"日食……"

"当太阳、月亮、地球三者刚好处于一条直线上的时候,太阳的光辉将被遮挡,大地被黑暗笼罩。在古代,每次日食的发生,都被认为是不祥之事。"

不祥之事……十年前的那天究竟发生了什么?

赵柱国继续说道："当然，现在都什么时代了，我们当时自然也不信这些。你要知道，同一个地方，日食可是百年一遇的奇景。所以几年前，我们就为这次的观测做好了计划。甚至于这座馆，整座山庄，都是为此建造的。当我第一次看见这座日月山庄的时候，我震惊了，这样的杰作，恐怕只有周弼那个既偏执又有钱的疯子才能造出来吧。我们这些老古董，在有生之年能这么完整地观测到一次日食，也算是死而无憾了吧。"

一说到这里，赵柱国的眼里露出了极度幸福的感觉，看来就算时隔十年，他对那次独一无二的经历，仍是十分怀念。

"那当时又是发生了什么事呢？"

我一提到这个，赵柱国的眼神瞬间黯淡了下来，"她死了。"他不无心痛地说道。

"谁？"

他犹豫了一下，最终还是说道："黎雨，当时老周的未婚妻。"

"不要说了！"

霍雨薇几乎是在吼他了。赵柱国看了情绪激动的霍雨薇一眼，便不再说话了。

"姐，事情都过了这么久了……"

"你懂什么！黎姐她……她不可能自杀的！"

"可是……"霍霖没有继续说下去。

"我知道，你们都认为她是自杀的，是吧？可是我不信，黎姐她不是那种人，她绝对不会做出自杀这种事！"霍雨薇双眼泛红，情绪极为激动。

虽然从他们短暂的对话中我了解不到更多的信息，但停滞至今的调查终于有了新的突破，这对我而言极为关键。

"黎姐……她是周弼的未婚妻？这是怎么一回事？"我转头

向赵柱国问道。

此时的赵柱国早已没了刚才嬉笑怒骂的神情,他看了一眼霍雨薇,脸色凝重地说道:"老周一直没结婚,就是因为他心里有小黎,他们虽然相差了十岁,却是真心相爱的。当时他们冒了很大的阻力,好不容易才订了婚,可这一切都在十年前发生的那件事后结束了。这么说来,那场日食,也许真的是一个不祥之兆吧……"

我本想继续就自杀这个话题向赵柱国再问几个问题,可这时候管家老严和小嫒走了过来。小嫒端着餐盘,里面是一些水果沙拉,看来刚刚她是在准备这个。

"好了,不说这个伤心的话题了,大家吃东西!"赵柱国接过小嫒递过来的水果沙拉,用勺子分成了好几份,分别放到不同的小碗里,分给了餐桌上的诸位。

我吃了一口,确实好吃,这样的冬天里,还能吃上这么新鲜的水果,本身已经很幸运了。可霍雨薇还是没有吃的意思,盘中的食物原封不动,杯子里的咖啡倒是所剩不多了。

"霍小姐,您还需要咖啡吗?"小嫒极为贴心地问道,看来她也注意到了这一点。

霍雨薇没什么反应,小嫒撤去她面前的咖啡杯时,她也没有阻止。

"我跟你一起去吧,我想一个人静一静。"小嫒刚要离开,霍雨薇却说出了这样的话,看来刚刚的那番对话,确实对她产生了很大的影响。

两人离开后,小川出现了。他看起来精神不大好,我问了一下才知道,原来他昨晚没睡好,看来早上敲门的时候他不是刚醒,而是根本就没睡。

"哎，还能怎么办？我有比较严重的恋床症，不习惯睡在陌生的床上，一直是这样，很难改了。"

小川感慨了一下，随即喝了一口咖啡。不过他只吃了一个煎蛋，其他的食物都没怎么动，看来是昨晚的失眠让他胃口也不大好。现在只有两个人还没露面了，陈默思这个家伙我倒不关心，他现在肯定还在床上。值得注意的倒是那个冯威，早上我去敲门的时候他就不在，现在也不知道在哪儿。我问了管家老严，他也不清楚，毕竟他不是真正的"管家"，对整个山庄并不是很熟。

"要不一起出去转转？我也好久没在四周看看了。"赵柱国这时提议道。

老严同意了赵柱国的提议，对于冯威的失踪，看来他也颇为在意。不过我更为在意的是，这个冯威，他在十年前的那起事件中，究竟扮演过什么样的角色。

根据赵老先生的解释，日月山庄，最开始就是为了十年前的那次日食建造的，因此其所有的设施都和天文观测有关。

明朝诗人朱权有一首《日蚀》，里面有一句"青天俄有星千点，白昼争看月一弦"，据说日月山庄的三个主体部分，也是因此得名，分别为日馆、月潭、星柱。我们一直所在的这个黑色铁桶状的建筑，就是日馆。外黑内白，和日食前后相对应。而月潭和星柱就在日馆旁边，只不过我们昨天刚好是从另一个方向来的，因此没能得见。

外面气温极低，我们在出门前特地加了很厚的衣服。不过一起出门的只有我、小川还有赵老先生三人。老严要和小媛一起收拾餐桌，霍霖安慰姐姐去了，赵老先生身体本来不是很好，却坚持要和我们一起出来，说是想要再好好看看这里的一切。

"我年纪大了，十年前一起的伙伴也都一个个离去，再不来看一眼，以后恐怕永远都看不到咯。"赵老先生拄着手杖说道。

看着他那坚定的眼神，我也知道，肯定是不能扭转他的想法了。我们休息了一会儿之后，就出门了。令我们意外的是，今天的气温出乎意料的低。我看了一眼满天的乌云，天气也不是很好。

"恐怕要下雪了。"赵老先生喃喃道。

我们还是从昨天进来的门出去，绕着这栋漆黑的建筑物，转了一个角度，才看到了月潭。准确地说，这是一轮"弯月"，"月牙"正朝向我们这个方向。月潭不是很大，四周被精心布置的鹅卵石围了起来，水也不是很深。与其说这是个"潭"，倒不如说是个水池更为恰当。不过和旁边这座气势宏伟的日馆搭配起来，倒也别有一番趣味。

现在的气温下，月潭上早已结了厚厚的一层冰。我试想了一下，如果是夜晚，在月光的照射下，月潭的冰面上必会反射出一轮硕大的冰月，这倒也不愧"月潭"之名了。

"当初老周建造这座日月山庄的时候，还是小黎坚持着要建这个月潭的。有日必有月，有阳必有阴。现在看来，小黎的想法真的很对，这座月潭很美，可惜她再也看不到了。"赵老先生不无颓丧地说道。

寒风吹过，四周的树林发出沙沙的响声，整个世界显得更加寂寥了，一丝落寞从心底钻了出来。风真的很大，地上的泥土也被冻住了，没有来自太阳的温暖，自然也不会融化。这是个灰色的世界，没有一点生气。

"月亮是最特殊的那一个。"赵老先生突然说道，他扭头看着我,脸上的皱纹显得更深了,"从地球上看过去,月亮和太阳的大小几乎一样。"

我心里想了想,虽然没在意过,倒也确实如此。

"正因为这样,所以只有在地球上,才能看到这么完美的日食和月食,才有了天狗食日、食月的传说。也因为有了月亮,才有潮涨潮落。人生的起起伏伏,每个人也都有他自己的归宿。"

"归宿……"不知怎么,我嘴里念叨起了这个词。

这么多年以来,和陈默思一起,我们不知道经历了多少个案子,也见证了很多的生离死别。每个人的归宿,也许完全超越了自己的预料,也许在生命行程的开始就已经戛然而止。我们不能阻止什么,只能尽力去找出真相,但也仅此而已了。

"十年前,那时我才四十几岁,不过也还是单身汉一个,当我第一眼看到小黎的时候,心里就有一种莫名的舒坦。小黎不是那种特别漂亮的女孩子,但她有一种独特的魅力,可以说,只要你一看到她,就绝不会有讨厌她的念头。估计老贺和界楠当时也是这种感觉吧,但她那时已经是老周的未婚妻,我们自然也就没有其他的想法了。"

不知是否因为眼前的景物勾起了心中的记忆,赵柱国显得有些惆怅。"老周当时和我差不多大,但他这个人喜欢忙事业,对个人情感方面不是很看重,所以都四十好几了还是单身一个。当我们见到小黎的时候,真的是完全惊呆了,这么完美的一个女生。那时小黎还不到三十,他们竟然走到了一起,实在是超乎我们的想象。"说到这里,赵柱国看向我们的眼神中充满了兴奋。

"那他们是怎么在一起的呢?"我趁机问道。

"很简单,日久自然就生情了。我后来才知道,原来小黎那时候已经做了老周一年的秘书，相处多了，感情这种事，不是很自然的吗？"赵柱国嘿嘿笑道，"不过你可不要乱想，他们可不是肥皂剧里那些老总和秘书的关系。老周我知道，死脑筋一个，女色这种东西完全诱惑不了他这种人。我也相信小黎，她不是只为了钱的女人，她是真心喜欢老周的。我们当时也是真心替这一对年纪不小的'新人'感到高兴，就等着喝喜酒，还调侃着再不生娃都是爷爷辈的人了。那时真的很开心，相聚的第一晚，我们都喝了个酩酊大醉，已经好久没这样了……"

我看了赵老先生一眼，他似乎又沉浸在了美好的回忆里。可美好的回忆总是短暂的，令人持续痛苦的永远是冰冷的现实。

"那，赵老先生，关于黎雨小姐的死……"

赵柱国收回了目光，早已结冰的月潭显得异常寂静，他叹了口气，满脸都是落寞。"是啊，她还是死了。"

"可刚刚霍小姐说她不是自杀的……这又是怎么一回事？"可能是一直接触各种案件所养成的习惯吧，我对这一点尤为在意。

对于我进一步的提问，按照之前的经验，我本以为赵老先生会拒绝，但他好像对这个并不是很在意。"我也不相信，小黎她怎么会自杀？这样一个即将迎来人生最为幸福时刻的准新娘，为什么要选择自杀？不光我想不通，就连老周，我们所有人，都想不通！但它就是这么发生了，小黎死了，她真的死了。"

赵老先生看了我一眼，用手杖指着冰封的月潭，"她就像这月潭的水一样，永远地冻结在了这里，关于她的所有记忆，也都留在了这里。看到这个月潭，我的心真的很痛，小黎那样好的一个姑娘，为什么要选择自杀？为什么？！"

耳边传来手杖狠狠敲打冰面的声音。我和小川站在一旁，默不作声。

"会不会是他杀？"我这么问道。

"不会，就像界楠当时所说的，现场是个密室。"

密室……竟然是密室！虽然赵老先生这句话的语气与往常无异，但此时我的心里却翻起了滔天巨浪。如果是密室的话，说不定这个案件还真的另有玄机。

我正想继续提问，赵老先生却显得有些不耐烦了。"事情都过了这么多年，我也不想再回忆太多了，该过去的总会过去，小兄弟你也不要太纠结于这件事。你肯定想知道更为具体的细节，甚至觉得自己可以尝试去破解这个密室，但我却觉得完全没有这个必要。"

赵老先生最后的语气甚是强硬，都有些警告的意味了。不过他的话也确实说到了点子上，我确实想见识一下这个密室。而且，当时还有著名的推理小说家界楠在场，这种连他也解决不了的密室，肯定有其独到之处。当然，如果现场真的是自杀，那就另当别论了。但是不管怎样，我觉得还是可以去尝试一下。

也许是察觉到了我不死心的意图，赵老先生瞥了我一眼，用手杖向前敲打了一下地面，拄着拐离开了。小川对我也是无奈地摇了摇头。我撇撇嘴，看着眼前这个喜欢唠叨又十分顽固的怪老头，心里只能无奈地叹叹气。

跟着赵柱国没走几步，眼前就出现了新的景物，或者应该说是我早就注意到了眼前矗立的这几根柱子。但刚刚我的目光全都在月潭上，因此也就没放在心上。不过，这应该就是星柱了。

从远处看，这几根柱子没有丝毫显眼的地方，它们褪色得极为厉害，表面的油漆早已脱落，木质的柱体本身也变得斑驳不堪。经过长年的风吹日晒，里里外外都开始腐朽了。但不知怎的，站在它们面前，心里却有一种异样的感觉，像是在朝圣一般。

五根星柱高约三米，围成一个五边形，每根星柱两端都固定有两根铁链，这些铁链围成了一个五角星的形状，只不过现在都锈迹斑斑了。看来这十年间，这里没有得到很好的维护。赵柱国站在其中一根星柱前，用干瘦的手掌轻轻抚摸着星柱腐朽粗糙的表面，像是在呵护孩子一般。我不知道这中间还有什么故事，只是随着岁月流逝，当老人再次来到这里时，却早已物是人非。

"你们不要在意，这些星柱，就像是我的孩子一样，看到它们这样，我的心里实在有些过意不去。"赵老先生用颤抖的声音向我们解释道，"十年前，是我亲手设计了这些星柱啊，看到它们这样，我的心都在颤抖。"

看着赵老先生那一脸心疼的表情，我和小川站在一旁，并没有说什么。周围太过寂静，连风声都听不到，我看了一眼矗立在一旁的漆黑的庞然大物，心里的压抑感愈加强烈。

"赵老先生，这个日馆，应该就是周弼先生设计的吧？"

相比于刚刚看到的月潭和眼前的星柱，身旁的这个大家伙给我的震撼感最为强烈。赵老先生这时已经缓了过来，他向我点了点头。"没错，老周一向是个心细的人，虽然他很忙，但很多事他都事必躬亲。这个日馆是他亲自设计的，就连建造的过程中，他也时常过来监督。不过也因为他这样严苛的要求，才造就了现在我们眼前这件精美的艺术品。十年了，它还是这么美。"

对于这座日馆，赵柱国给予了发自内心的赞美。我本想说些什么，突然发现从黑色巨物的阴影里走出一个人，正是一早上都没看到的冯威。他现在只穿着一件棕色的开襟毛衣，下面隆起的肌肉将这一层薄薄的毛衣撑得绷了起来。他手里提着一只黑色的旅行提包，正向我们这里走来，看到我们，他立刻停了下来。

我们就这么对视着，气氛顿时有些尴尬。自从来到这里之后，我和这里的大部分人都有过接触，唯独眼前这个面色阴郁的男子，我从来没有和他说过一句话，甚至都没听到他说过什么。根据之前的了解，十年前，他就和这里的其他人不熟，除了周弼——那个邀请他过来的男人。

气氛就这样僵了大约几秒钟，我本想鼓起勇气走向前去和他打个招呼，可脚还没迈开，远处那个壮硕男子就已经转身离开了，他的身影很快消失在黑色巨物的阴影里。我收回了刚刚举起的右手，略显尴尬地拍了拍衣角。小川看了我一眼，脸上一副似笑非笑的表情。

我心里自然也是无可奈何，目光再次移到眼前的这个庞然大物上。面对这个漆黑得甚至令人心生恐惧的建筑，你看的时间越长，越觉得它像一个吞噬人心的巨兽。在它面前，任何人都会变得疯狂，失去理智，甚至失去一切，包括自己。

时间的灰烬 2

第二天醒来的时候,我浑身酸痛不已,好不容易才挣扎着爬起来。在洗漱的时候摸了一下额头,才发觉自己竟然发烧了。看来昨晚梦中的那个蝎子没有把我蜇死,我反而被自己给弄倒了。我叹了一口气,在为自己多舛的命运感到无奈的同时,也为接下来的观测感到担忧。天还是阴着的。

扔掉毛巾,我直挺挺地倒在了床上,摸着松软的棉被,一瞬间的迷离,恍如被带到了另一个世界。直到敲门声响起,我才睁开双眼,再次挣扎着爬起来,打开门,原来是萨杜恩。他敲门是因为众人已经等了我很久,早餐也因此被推迟到了现在。我连说抱歉,掏出手机,点开屏幕,竟然已经九点多了。昨晚的失眠果然给我带来了诸多不利的后果。

萨杜恩察觉我神色有恙,接连问了我很多问题,我原本准备随便说些什么蒙混过关,但无奈滚烫的额头还是出卖了我。

"这可不行啊,得赶快去医院!"

这是萨杜恩知道我状况后说的第一句话。我接连摆手,表示情况还不算太糟糕,喝点热水休息一下,应该很快就会好的。萨杜恩还想说些什么,可在我的坚持下,最终他还是暂且同意了我的做法。

等我们来到餐厅后，众人都已经等在那里了。我向众人道了个歉，便赶紧和萨杜恩坐到了各自的位置上，我们身前也都放置了餐盘。早餐是煎蛋、烤面包，还有一些沙拉，再配上一杯咖啡，很简便的西式早餐。询问过后才知道，原来早餐都是维纳斯准备的，众人接连向她道谢。

虽说配置简单，但无论从哪个方面来看，这样的早餐都是无可挑剔的。煎蛋可谓煎得恰到好处，隐隐还能看到柔嫩的橙红色蛋黄在煎好的蛋内流动。与此同时，烤面包的香气早已勾起了我的食欲，沙拉的选材也十分讲究，除了常见的香蕉、苹果、猕猴桃之外，还添加了大红枣、葡萄干、枸杞、盐津红提等适合冬日滋补的辅料。最让人满意的便是那一杯醇厚正宗的曼特宁咖啡了，只饮一小口，便浑身舒畅，就连身体的不适也暂时消解了。

吃完早餐后，涅普顿说她晚上一直睡不好，所以向维纳斯要了一些安眠药，看来昨晚没有睡好的不止我一个人啊。早餐原本还是有条不紊进行着的，可一切都被萨杜恩这家伙给毁了，他一不小心把我发烧的事情给说了出去。当时最为紧张的就是维纳斯，她直接回房取了一个小型医药箱，还没等我反应过来，一根冰冷的玻璃棒便塞到了我的嘴里。最终体温计显示为三十九度。在我看来，还远没达到失控的地步。

不过维纳斯却坚持要求我去医院看看，她甚至已经决定让朱庇特开车先送我回市内。朱庇特本人也是这种想法，在场的其他人也都劝我这样。不过我还是坚持自己的想法，双方就这么僵持了一段时间。最终我说出了自己的想法，作为一个天文迷，现在有一个这么好的观测日食的机会，如果就这么放弃，恐怕以后我都不会原谅自己，甚至抱憾终身都有可能。在我说出这么严重的话之后，众人也都没有再说什么了，大家都是同样的人，也理解我的想法。在做出留下来的决定后，维纳斯从医药箱里取出了一些治疗感冒发烧的药，嘱咐我一定要按时按量地服用。我答应下来，她这才稍为满意地点了点头。

吃完早餐，在维纳斯那半是关心半是监视的眼神下，我自然丝毫不敢懈怠，严格按照药品服用要求把该吃的药都一股脑吞了下去。之后，回到房间，躺下休息，整个过程行云流水一般，我甚至都记不清中间发生了什么，然后就昏昏沉沉地睡着了。

等我再次醒来的时候，与早上浑身酸疼的感受不同，身体倒没什么特殊的感觉，头还是很沉，尤其是太阳穴的地方，隐隐有些胀痛。身上出了很多汗，应该是刚刚睡觉的时候捂出来的，热汗和冷汗的混合物。我爬起来，走到盥洗间，打开淋浴用的莲蓬头，水滴很快喷洒出来。过了一会儿，热气就充满了整个狭小的玻璃隔间。这里虽然偏远，但水电设施倒还完备，这也是令我颇为满意的地方。

我把水温调得极高，没过一会儿，后背甚至都被烫得有些发红。不过这样的刺激正是我现在所需要的，刚刚下床后我很快就感受到了自己的虚弱，看来这发烧可不是闹着玩的。我也不确定自己到底什么时候才能好，现在只能熬着，走一步看一步吧，希望不要影响接下来的观测。我要做的也仅仅是在心里默默祈祷了。

洗完澡后，已经接近下午五点，虽说一直躺在床上，但跳过午餐的我现在腹中已经基本没什么能量储存了。而且这次我也没有带零食，虽然平时没什么大碍，但现在这种紧急情况，却让人有些头疼。想了想，我还是决定去厨房看看，那里说不定有什么吃的。

一出门,另一件让人头疼的事就来了——我不知道厨房在哪儿。不过回头想一想,不知道也正常,毕竟第一次来这里。最后我只好凭着印象,往早上吃饭的餐厅走去,厨房应该就在旁边。

走到一半,突然听到有人在说话,我停下细听,声音好像来自我右侧的白羊座房间。印象中这里并没有住人。走近之后,才发现房间里好像有两个人在争论着什么,这里的隔音效果还算不错,可见这两人的音量不小。我敲了敲门,房里的争论才停了下来,随后门被打开,里面是萨杜恩和墨丘利,难怪刚刚的声音那么熟悉。

不过他们两个平时关系也算不错,怎么就吵起来了?我问两人为何争论,墨丘利别过脸不愿说话,一副气鼓鼓的样子。最终还是萨杜恩向我解释了一下,两人竟是为冥王星普鲁托吵了起来。

这里的普鲁托自然不是指那位十岁小朋友了,而是原本九大行星之一的冥王星。只不过早在我们这里的普鲁托小朋友出生之前,冥王星这个二十世纪天文史上最重大的发现之一,已然跌落神坛。从一九三〇年汤博靠着超越常人的细心,发现这颗距日极远、光芒黯淡的行星开始,已然超过半个世纪的时光。在这之前的上一个百年里,人类仅仅发现了海王星。不过这颗人类苦苦寻找的第九大行星并没有那么幸运。在那个定会被历史铭记的日子,国际天文学会通过投票,正式将冥王星"踢出"九大行星之列。不过如此重要的事情,引起的争议必然不小。

当时,国际天文学会将冥王星踢出行星之列的依据,就是他们最新制定的关于行星的定义。太阳系有很多天体,但必须符合以下三个条件才会被定义为行星：首先，必须在轨道上环绕太阳运转；其次，有足够的质量，能以自身的重力克服刚体力，呈现接近球体的形貌；最后，有能力将临近轨道上的天体清除。冥王星本身的质量和体积都很小，甚至都没月球大，更为甚者，冥王星的卫星卡戎竟然都有冥王星质量的一半大。再加上太阳系里发现的一些其他类冥天体，如果冥王星是行星，那么这些天体也得算作行星。所以最终，冥王星从行星的宝座上跌落，和其他类冥天体一起被称作矮行星。

"屁！如果矮行星不能算行星，那吉娃娃就不算是狗了？"

这句话我印象很深，之前一直生气不说话的墨丘利狠狠嘲讽了这么一句。听到这句话后，我愣了几秒钟，随后不知道是戳中了什么笑点，我接连笑了好一下，连眼泪都笑了出来。不知道是因为我的离奇大笑，还是心疼被自己出卖的吉娃娃，墨丘利大声咳嗽了几下，再次向冥王星的不公待遇开起了炮。

那次国际天文学大会最为人诟病的就是它的投票机制，整个国际天文学会共有一万多名会员，而参加那次投票的仅有四百多人，其中更仅有两百多人在那次投票中投了赞成票。这样一个由"少数人"投票得出来的结果，显然是很难令人信服的。就像事后很多天文学家说的那样，既然有八大行星，为什么不能允许太阳系有十四大行星呢？如果说这是一起偏见引起的惨剧，倒也不无道理。

当然，这种本来就有争议的事我们也不会讨论出什么结果，墨丘利当然也知道这一点，所以他也只是抱怨了几句，并没有真的生气。直到两人怒火平息，我才有时间正视一眼整个房间，与普通房间不同，这里的房间竟是圆顶的。而且仔细察看的话，房间的正中央有几个供人仰卧的沙发，四个角落里分别摆有一台投影仪，投影的方向都集中在这个圆顶。正当我思考的时候，突然，房间黑了，有人刚刚关了灯。随即整个房间又亮了起来，闪烁的投影仪似乎将我们拉到了另一个世界。

整个圆顶就是一块巨大的投影幕布，四个角落投射出的画面恰好构成了一个立体的富有层次感的世界。在萨杜恩的提醒下，我躺倒在沙发上，视野被上方的画面填满了。此刻，上方这个小小的穹顶，就是我的世界。

画面从一张黑色的桌子开始，随后这张桌子在我们的视线中逐渐变小，直到某一刻，它消失了，整个画面重归黑暗。几秒过后，视野的一角开始变亮，随后亮处开始扩大，直到画面中央出现了一个黑色的圆环，圆环的中央是黄色的，像是大地的颜色。随后这个黑色的圆环也开始变小，周围逐渐出现了绿色，绿色渐渐扩大，直到占领了视野的大部分。这时我才发现，这个黑色的圆环就是我们所在的这栋建筑物——日月山庄！

这个发现让我吃了一惊。由于是俯视的角度，所以刚开始我并没有联想到这里，发现真相后的震惊可想而知。不等我细想，整个画面继续缩小，随即出现了群山、河流、城市，直到视野的一半被蔚蓝的海洋占据。整个过程还在继续，我已经预料到了结果。最终出现在视野里的，是一颗蔚蓝色的星球。

画面再次从这颗蓝色星球上转移，掠过火红的金星，飞过冰火两重天的水星，直到火舌撩过，画面被散发着毁灭气息的炽热所扭曲，我们终于到达了万物生长的源泉——我们的恒星太阳。接下来，画面在太阳这里停留了一段时间，甚至出现了一些文字介绍。在这之后，画面依次被定格在了幽灵一样诡异莫测的水星墨丘利，酸雨雷电笼罩下的金星维纳斯，被一片蔚蓝海洋包裹的地球，寂静荒芜的火星玛尔斯，体形硕大的木星朱庇特，光环闪耀的土星萨杜恩，灰蓝色外表下的天王星乌拉诺斯，滚躺在黄道平面上的海王星涅普顿，还有就是已经被踢出行星行列的冥王星普鲁托。

  这时我才恍然大悟，原来刚刚两人的争吵也是因为这个。在这里的各大行星介绍中，冥王星也赫然在列。没给我多余的时间思考，整个视野再次扩大，直到出现太阳系外围的柯伊伯带，甚至更为遥远的奥尔特云，整个太阳系以完整的面貌逐渐出现在了眼前。之后，视野飞速扩展，另一个恒星系统出现了，这就是半人马座α星系统，其中的一颗恒星就是比邻星——离太阳最近的恒星，两者只有约四光年的距离。紧接着，太阳系也淹没在了闪耀的群星中，巨人的螺旋状星云银河系出现了。我们的太阳系就位于其中的一个旋臂上，跟随着其他恒星系统一起绕着银河的核心不停旋转，花费二点五亿年的时光才能环绕一圈。

  之后，距离银河系最近的仙女座星系也出现了，仙女座星系、银河系和其他三十多个星系共同组成一个更大的星系集团——本星系群。与本星系群距离最近的是室女座星系团，包含了超过两千五百个星系。实际上，这样的星系集团宇宙中也有很多，已发现的就有上万个。然而，与我们这个宇宙的质量相比，这些可以看到的物质只占宇宙总物质量的百分之五左右，其余部分都被神秘的暗物质与暗能量所占据。

  在这个包含数百亿光年乃至无穷无尽的宇宙中，人类及其所在的地球，甚至连沧海中的一粟也算不上。

  大屏幕显示出这句话后，就彻底地陷入了黑暗。随即灯光亮起，骤然的亮光使我的双眼短暂地失明了。刚才的震撼还存留在我的脑海中，当整个宇宙展现在我的面前时，我的心里却有一种不真实的感觉。虽然早有准备，但这种视觉上的冲击远超书本文字所带来的感觉，对我的震撼无以复加。

等我从刚才的震撼中缓过来，墨丘利和萨杜恩两人早已站在一边，这次两人倒没有再吵，只不过他们那互不相看的神情还是出卖了他们。对此我也毫无办法。

他们两人算是我们这个天文爱好者团体中的元老级人物，也是最早认识的，他们之间的问题也只能他们自己解决了。我虽然也很早入门，说是科幻迷倒还可以，但天文迷却怎么也说不上了。所以对于他们刚才的争论，我完全没有什么话语权。

现在应该也到了吃晚餐的时间，看着不说话的二人，我打了个哈哈，连推带搡地将他们带出了房间。

晚餐还没开始，我们却听到了一个不好的消息，朱庇特要走了。据他所说是公司财务出了点问题，需要他马上回去解决一下。我知道朱庇特的性子，也知道他对这次活动的重视，不到最后关头他是绝对不会放弃的。看着他离开时强作笑脸假装轻松的样子，我们的心情都很沉重。

那天的晚餐我们相对无言，朱庇特的离开令人难过，而天空中那一层厚厚的乌云更是加重了我们内心的不安。

这次的观测计划真是诸事不顺，希望后面一切都会好起来。我在心里默默祈祷。

日月星杀人事件 3

晚上我做了一个梦,梦中的我走在一个黑暗的迷宫里,无论我怎么努力,都找不到那个唯一的出口。直到我精疲力竭,摔倒在地,被周围的黑暗无情地吞噬掉。

我醒来的时候,脑海中还记得这个梦,甚至连那种无助绝望濒临崩溃的感觉都一清二楚。我躺在床上,四肢乏力,连翻身的力气都没有,只能瞪着眼,无聊地看着天花板。房间里很暗,也没有室外的霓虹灯光照进来。也对,这里怎么可能有这种东西。直到这时我才意识到,我所在的地方,是一个位于崇山峻岭中,被茂密森林包围着的名为日月山庄的地方。

我闭上眼睛,深吸一口气,再次睁眼的时候,刚刚消失的四肢的触感又再次回到了我的身体里。和昨天一样,窗外还没有天亮的迹象,昨晚睡得迷迷糊糊的,连窗帘都忘记拉上了。这两天我都醒得好早,当然也和睡得早有关系,其实自从上大学之后,我就很少有睡得这么早的机会了。

我下意识地侧过身,翻出手机,看了一眼,才六点半,至少比昨天多睡了一会儿。这时候小媛应该已经在准备早餐了吧,一想到昨天和小媛一起度过的美好早晨,心跳就加快了许多。不过我又突然后悔起来,昨晚吃过晚餐后,我和小川又打了几局台球，然后就直接回房休息了。早知道就应该问一下小媛，今天的早餐需不需要帮忙了。真是个糊涂虫，我狠狠拍了一下自己的后脑勺，脑子里的最后一丝睡意也荡然无存了。

起身下床，穿好衣物之后，还是感觉很冷，今天的气温貌似又低了几度。我搓了搓手，缩着身子，打开门，朝厨房的方向走去。果然，厨房那里亮着灯，我心里顿时高兴起来。门没关，能看到厨房里的一切动静，小媛背对着我，正在案板上用刀切着什么。我悄悄地走了过去，尽量不发出一点声响。小媛似乎没有发现我的到来，我就这么靠在门边站着，看着小媛辛勤劳动的背影，心里突然有了一丝暖意。

就这么看了不知道几分钟，小媛突然转过了身，她看到我，嘴唇微张，眼里露出十分惊讶的表情。我一时也不知道该说什么才好。

"有什么需要我帮忙的吗？"几秒钟之后，我才好不容易把这句话挤了出来。

小媛显然也从刚才的惊讶中回过神来。她看着我，指了指桌子一角放置的鸡蛋，然后又走到冰箱那里，从中取出了一盒牛奶。

"你先打蛋液吧，弄好之后加一些牛奶，量嘛……"小媛歪着脖子，一副思考的模样，"三分之一，差不多这个样子。"

小媛似乎昨晚没有休息好，双眼的黑眼圈还是挺重的，也是难为她这么早还要准备早餐了。我突然心疼起来。

虽然不知道小媛今天早上又要准备怎样的早餐，不过我还是按照她的吩咐，取过一个玻璃碗，将蛋壳敲碎，小心地使蛋液流进碗里。这样的工作虽然看起来简单，不过要做到完美却也不容易。中间有一个鸡蛋我便没有处理好，一些破碎的蛋壳直接混入了蛋液里，我花了好大工夫，才用筷子将这些细小的蛋壳一个个挑了出来。我好不容易将最后一个连肉眼都很难发现的蛋壳挑出来，才发现小媛不知道什么时候已经站在我的身旁了。她看着我，脸上的笑意一闪即逝。

我不好意思地挠了挠头，正准备将牛奶盒的盖子拧开，倒进蛋液混合的时候，却被小媛阻止了。

"三分之一。"小媛指了指盛满蛋液的玻璃碗，"你觉得这里还有足够的空间吗？"

"啊！"我小声叫了出来，才发现自己刚刚差点儿犯下了这么低级的错误。也许是刚睡醒的脑袋还没有完全清醒的缘故，在刚刚敲取蛋液的时候，我似乎敲碎了过多的鸡蛋，现在的玻璃碗已经几乎被蛋液填满了。没有留下足够的空间给即将混入的牛奶，这是我的一大失误。

我有些手足无措。此时小媛又从橱柜里取出了一个陶瓷碗，陶瓷碗比桌上的这个玻璃碗要大很多，即使再倒入三分之一的牛奶，应该也能装得下。我将蛋液全部倒入白色的瓷碗中，紧接着又将足量的牛奶混入其中，开始搅拌混合。这里好像没有打蛋器，因此只能用筷子手工搅拌了。

在我搅拌的过程中，小媛将锅底加热，又加入了一片黄油，可能是锅底还残留的一些水分没有蒸发干净，响起了一阵噼里啪啦的声音。

"今天要做的是芝士欧姆蛋卷，昨天我们两个人好像差点儿没忙过来，看来还是弄一些简单的比较好。"小媛背对着我，不知道是对我说话，还是在自言自语。

在小媛的授意下，我将混合好的牛奶蛋液递给了她，她用勺子取了一些铺展在热好的油锅上，刺啦声瞬间响了起来。在蛋液还没有完全凝固的时候，小嫒依次放入了切成条的芝士，又在芝士上面撒上了切碎的火腿碎末。就这样继续煎炸了一小会儿，等底下的蛋液已经基本凝固，小嫒将另一半没有放芝士和火腿的煎蛋翻折了过来，盖在了芝士和火腿上面。起锅后，除了装盘时在周围放上必不可少的切成片的圣女果、黄瓜以及生菜外，小嫒又在煎好的鸡蛋卷上撒了一些黑胡椒，一盘香喷喷的法式芝士欧姆蛋卷就正式出炉了。

我知道，即使我现在很想吃到这份可口的早餐，可这一切的决定权都在小嫒手上，现在的我只能不住地咽下口中的津液。我满含期待地看着小嫒，小嫒却像是完全没有注意到我的样子，她将盘子小心地放在可以保温的盒子里，然后就继续制作下一份早餐了。

和昨天早上不一样，小嫒完全没有给我尝一口的意思。我的希望落空了。

"今天快一点吧，不做咖啡了，你去热一下牛奶。"小嫒说这话的时候还是没有看我。我渐渐觉得有些奇怪，小嫒对待我的态度和昨天明显不一样。不过我还是没有多想，按照小嫒的吩咐，准备将牛奶盒放进微波炉。不过我微波炉还没合上，就又受到了一阵批评。

"喂，你有没有一点常识啊！你这样直接放进去加热，会爆掉的！"小嫒的口气没有一点缓和的余地。

看着小嫒生气的样子，我没有多说，将剩下的牛奶倒进微波炉加热的专用容器里，直接塞进了微波炉。然后时间设定两分钟，打开开关，开始加热。在我完成这一系列动作的过程中，小嫒没有再说什么，她只是简单地重复着煎蛋的动作。我静静地站在一旁，等待加热完成。

小嫒将蛋液再次倒入锅中，熟悉的刺啦声随之响起，不过随后却传来了小嫒的惊叫声。我赶紧回过头去，发现小嫒左手一直捏着自己的右手食指，指尖的地方红红的，明显是被飞溅的油滴烫伤了。我赶紧冲了过去，打开水龙头，拉着小嫒的手放在下面。一股清凉的水流瞬间包裹住了手掌。

就这么在凉水下冲了一段时间，手里突然有了一丝挣脱的感觉。直到这时，我才注意到，原来从刚刚开始，我的手就一直用力握在小嫒的手上。她的手很小巧，我几乎要将她的手完全包裹住了。一想到这儿，手上的力气骤小，小嫒的手终于挣脱了出去。我看向小嫒，她低着头，一句话也没说。

这时我注意到，她的右手手背上有一条明显的红色印痕，应该就是我刚才不小心用力留下的痕迹。

"对不起！"这句话几乎从我们两人口中同时冲出。

我惊讶地看向小嫒，她也看着我，小小的脸上同样满是吃惊的表情。就这么僵持了几秒钟，最终还是我先开口。

"小嫒，对不起，刚刚是我不小心……"

"没，应该是我不小心才是。"

"那你不生我的气？"

"嗯。"

"真的？"

"真的。"

"那你刚才为什么要和我说对不起？"

"呃……我说了吗？"

"说了。"我看着小嫒，一副十分认真的表情。

小嫒看着我，随后说道："因为我刚刚生气了。"

"真的？"

"真的。"

"好的,我原谅你了。"

小媛一脸讶异地看着我,我终于忍不住,扑哧一声笑了出来。

"你……真坏!"小媛瞪着我,恼羞成怒地向我挥了一拳,我故意没躲开,小媛的拳头结结实实地打在了我的左臂上。

直到这时,我心里悬着的石头才算是真正放了下来。刚才心里那种不舒服的感觉,也在这一刻烟消云散了。

"说实话吧,为什么生我气啊,一开始。我猜,是不是因为我来迟了,没来帮你忙啊?"

"你知道了还问!"小媛鼓起了小嘴。

"好啦,我错了,现在正式向你道歉,小媛,原谅我好不好?"

"不原谅!"小媛故作生气地向我吼道,随后又突然叫了一声,"啊,煳了!"

听到小媛的这声叫喊,我才注意到,因为刚刚小媛手背烫伤这件事,之前就在锅里的蛋液已经又被多煎炸了好几分钟,现在我甚至能闻到一股烧焦的味道。

"都怪你!又烧焦了!不原谅,不原谅啦!"小媛气呼呼地将加热的电源关掉,随即将焦得已经接近碳化的煎蛋直接扔进了垃圾桶。

我看着这样的小媛,故意没有搭话,反而是掏出手机,有一搭没一搭地说道:"唉,都已经七点了哎,不知道大家有没有起床,有没有饿。要是真的饿了的话,可就惨了,我们的褚大小姐还在气头上……"

我话还没说完,就听到电源开关被再次打开的声音,紧接着黄油被加到锅里,之后传来煎蛋的刺啦声,整个过程一气呵成,毫不拖沓。如果仔细听的话,甚至还能听到小媛嘴里嘟囔着什么"完了完了，又来不及了……"

我笑了笑，从微波炉里取出了刚刚就已经加热好的牛奶，温度正好。我看着目不转睛盯着平底锅的小媛，看着锅里即将煎好的蛋卷，心里想到的是一顿丰盛的早餐，而这顿早餐转眼间就会到来。

我摸着早已饿扁的肚子，它适时地叫了起来。

在小媛和我的加倍努力下，早餐很快就做好了，虽然进度没有昨天快，但因为省了制作咖啡所需要的大量时间，因此也算是适时完成了任务。和昨天一样，担任"闹钟"的也是我，不一样的是，今天大家貌似都醒得很早。尤其是赵柱国老先生，在我和小媛还在准备早餐的时候，他就已经来到餐厅了。

没过一会儿，当陈默思揉着惺忪的睡眼走过来之后，人基本上就到齐了——除了冯威。和昨天早上一样，当我走到他的房间时，他的房门是开着的，房间里并没有他的身影。如果预料不错的话，和昨天一样，他现在应该也在外面。昨天他提着一个黑色旅行包鬼鬼祟祟的样子，我到现在还有些在意。

"别管这个怪人了，很早以前，他就奇奇怪怪的，也不知道周老板为什么要和这个人交好。"休息了一整天的霍大小姐似乎已经完全从昨天的低迷状态中恢复了过来，随之而来的是她标志性毒舌的回归。

"昨天早上出门后在外面看到了他。"说这句话的是小川，昨天看到冯威的时候他确实也在场。

"果然是个怪人，这么冷的天气，还在外面乱跑，也不知道是个什么企图……说不定那个什么邀请函，就是这个家伙弄的！"

霍雨薇的话引起了众人的注意，反应最大的就是赵柱国，他勉强将嘴里的食物咽下,开口说道:"对了,这个邀请函……老严,你现在有什么想法吗?"

老严摇了摇头。"我的话和昨天一样,一无所知。"

赵柱国叹了口气,没有再说什么。

"会不会……和十年前黎姐姐的死有关?"霍霖战战兢兢地说道,"如果黎姐姐不是自杀的话,就是有人谋害了她,凶手就在十年前的那些人中间。"

"你的意思是,有人想要查出十年前的真相,所以才发出了那些邀请函?大家这次聚会是早在十年前就已经约定好的,但为了确保所有人都到齐,有人特地替我们准备了邀请函,毕竟邀请函上写了那样的话。"赵柱国回应道。

"如有不去,后果自知……"我把印象中邀请函上的这句话说了出来,警告的意味确实很强。

"要真的是这样,倒还好了!"霍雨薇再次嘲讽了起来,语气颇为尖锐,"我就不相信黎姐是自杀的,这么说的话,还有另一个人和我是同一个想法。哼!就让他找吧,我倒想看看,那个凶手是谁!"

"话可不能这么说。"赵柱国打断她道,"先不说小黎当时是否真的是自杀,这个发出邀请函的人,其目的就是要让我们所有人到齐,虽然老贺和界楠都已经不在人世了,但他们的代表来到了这里。"

赵柱国看了我和小川一眼,接着说道:"所以现在看来,他的这个目的基本上已经达到了,问题就在于,他之后想怎么办?如果他真的是想找出十年前小黎死亡的真相的话,他又会采取什么方法呢?"

赵柱国的这个疑问引起了众人的深思。如果这个人真的是这个目的的话,那么他又会采取什么方法呢?至少到目前为止,这个馆内,我还没感觉到什么异常。

"把我们全都杀死。"霍雨薇冷冷地说道。

"你疯了吗?!"

不光是说话的赵柱国,恐怕现场的其他人也是这么想的吧。

霍雨薇冷冷地扫了我们一眼。"凶手肯定就在我们中间,把我们全都杀了,自然就会除掉这个凶手了。倒是你们,我相信,真正的凶手就在你们中间。现在,你们中的某个人,肯定已经慌了吧,哈哈!"

看着"疯言疯语"的霍雨薇,众人皆无言以对,只有坐在一旁的陈默思事不关己似的打了个大大的哈欠。

霍雨薇用嘲讽的眼神看着我们,随即站了起来,往窗户的方向走了过去,室内回响着鞋底与地面碰撞发出的嗒嗒声。今天的天气很冷,但她好像还是穿了一双高跟鞋,都说爱美的女性不怕冷,看来这条箴言在她身上倒是应验了。

这里只有一边有窗户,换句话说,整个圆环状的建筑内,只有圆环内侧才有窗户。每次通过窗户观察外部时,不管是从哪里,都只能看到整个圆环状建筑包围的中庭。我挺讨厌这样的设计,整个建筑的设计风格让人感受到了一种浓郁的压抑感。

我拿起杯子,杯中的牛奶已经不热了,我正犹豫要不要将最后剩的这点牛奶喝掉。突然,一阵尖锐的大笑声传来。众人显然也是被这突然袭来的笑声惊住了。我将目光移到笑声的来源处,正是刚刚走到窗边的霍雨薇。

不知什么原因,此时的霍雨薇,笑得竟有些疯癫了。

"没想到我说对了,我们都会死!哈哈,都会死的!你们,包括我,都会死!哈哈……"她背对着我们,双眼直视着窗外,夹杂着笑声,嘴里发出不清不楚的叫唤。

我赶紧奔向窗口,由于冲得过猛,一个不小心,将霍雨薇挤到了一边。她脚步一个不稳,差点儿摔倒。但她只是看了我一眼,却毫不在意,只是一个劲儿地笑着。真的是疯了……我心里这样想着。

不过当我的视线移向窗外的时候,这样的想法瞬间消失了。

我向下看去,整个视野都是白色的,昨晚下雪了。白色的雪花堆积在地面,在原本的雪地上又添了一层厚厚的积雪。白色的雪地,黑色的墙壁,形成了鲜明的对比。然而我此时的关注点根本不在这里,在这直径几十米的白色雪地中央,有一道黑色的身影,正静静地躺在那里。

是冯威。他死了。

看着窗外的尸体,我的心顿时冰凉了起来。我想大声呼喊出来,可颤抖的嘴唇却连最基本的语句都吐不出来。

最先赶过来的是陈默思,他将已经麻木的我从窗口推开,上半身直接伸出了窗外。他这敏捷的动作,与刚刚的睡眼惺忪完全判若两人。而且看他这架势,竟是要跳下去的样子,我赶紧把他拉住了。

"默思,这里虽然仅仅是二层,可也是有四米多高,你这样跳下去,会摔伤的。"我拉住他的手臂,好心提醒道。

他盯着我看了好长一段时间,才悻悻地将头从窗外伸了回来。几秒之后,陈默思低沉的声音传了过来。

"冯威应该已经死了,大家不用过来了。"

"什么!"

最先惊呼出来的是赵柱国,虽然刚刚我和霍雨薇的表情已经说明情况的不妙,但直到这时,众人才知道事情的真相,要说没有一点震撼那是不可能的。

"你确定是冯威?"小川这时也问道,随即靠了过来。虽然陈默思刚刚不让大家过来,但小川似乎想亲自看个明白。

随后亲眼看到这个事实的小川和我一样,愣住了好几秒,然后脸色发白地退了回去,再也不说话了。陈默思将窗户关了起来,刚刚开窗的几分钟内涌进的寒风,已经将室内的温度降了好几度,我下意识地捂紧领口。

"老严,这里有下楼到那里去的方法吗?"默思指了指窗外的雪地,向老严问道。

"这里没有门通向那里,如果可能的话,只能从一楼的窗户跳出去,但一楼已经被老周封闭了,我也没有钥匙。"老严如实说道。

"那梯子之类的呢?"

"也没有。"

老严说完之后,陈默思的眉头瞬间皱了起来。如果不能下去检查尸体的话,连死因和死亡时间都不能弄清楚,更不用谈找出凶手了。

"不过现在倒也至少弄清楚了一件事——发那个邀请函的不是冯威。"赵柱国这时候突然说道,他的语气显然已经冷静了很多。

"那会是谁?他就是凶手!"霍霖这时候大声喊道。众人面面相觑,本来就紧张的氛围更为加剧。

我看着霍霖,他刚刚的表现很是反常,似乎是被冯威的死给吓到了。也是,他毕竟才不到二十岁,这种事恐怕也是第一次见吧。霍霖此时面色铁青地站在一旁，双拳紧握，目光向下，紧紧盯着脚下的某处。

"所以，他真的是来复仇的吗？冯威就是他的第一个对象……"赵柱国再次说道。

"这和我没关系，十年前我可没来这种鬼地方！"小川大声喊道，可随后他就发现了自己刚才的情绪失控。"呃，抱歉，我情绪有点……"

"没事……"冯威的死让众人的情绪都有些失控，就连在我看来一向稳重的小川都变成了这样。

"凶手……你们都是凶手！哈哈，抓起来，都抓起来！"一旁的霍雨薇又再次疯狂地喊叫道。这尖锐的叫声无疑在众人刚刚撕裂的伤口上又撒了一把盐。

"唉……"站在一旁一直没有说话的老严此时也叹了一口气，"小媛，你送霍小姐先回房休息吧。"

从刚才开始一直站在餐车那里的小媛愣了一下，不过她还是很快反应了过来，向霍雨薇走了过来。

"你不用过来了，我还没疯！"霍雨薇停止了疯笑，似乎又恢复了正常，她丝毫不掩饰对众人的讥讽。"你们就等着吧，害死黎姐的凶手一定会得到惩罚！"

说完，她冷哼了一声，随即走到还呆站在一边的霍霖那里，拉着他的手就往回走。在霍霖被碰到的那一刻，他的身体就像是失去灵魂的玩偶似的，双目无神地跟在霍雨薇的身后，直到两人彻底消失在众人的视野中。

"诸位先坐下来冷静一下，我去报警。"在提到报警的时候，老严稍微犹豫了一下，不过最终还是这么说了。离开前，老严在小媛的耳边说了几句什么，小媛点点头，随即也离开了，只不过是朝着另一个方向。

两人走后,大厅只剩下了我们四个人。小川状态貌似不太好,一直低着头坐在一边。赵柱国则直接闭目养神了起来,老先生毕竟是老先生,发生这种事很快就冷静下来了。我也在身后的椅子上坐下,只有陈默思,一直站在窗边,不知想着什么。

我正想说些什么,一阵脚步声传来,小媛端着一个餐盘出现了。餐盘上摆了很多马克杯,这时我才知道,原来刚刚是老严嘱咐她准备红茶去了。经历了刚刚的一阵慌乱,此时我确实有些口干舌燥了。接过红茶,我很快就喝了一口,带有甜腻茶香的液体滑过喉咙,干哑的嗓子瞬间清爽许多。我向小媛悄悄竖起大拇指,小媛看到后吐了吐舌头,不好意思地别过脸,将红茶递给在场的其他人。

赵柱国此时也睁开眼睛,拿起红茶品尝了一口,眼里露出赞赏之色。只有小川仍低头坐在那里,对面前的茶饮无动于衷。

"默思,有什么问题吗?"我见陈默思一直站在那里,也不说话,便开口问道。

听见我的提问后,陈默思看了我一眼,倒也没说话,只是走到小媛面前,拿走一杯红茶,道谢后便坐了下来。

"你没发现?现场没有脚印。"陈默思淡淡说道。

"没有脚印……"

该死!我竟然忽视了这一点……刚刚事发突然,我一时太紧张了,竟没有发现这个。默思的这句话确实提醒了我,我脑海中很快就浮现了刚刚看到的画面,漆黑的墙壁内包裹着白白的雪地,一个黑色的身影躺在中央。确实,周围没有任何脚印的痕迹!

"哦?真的?会不会看错了?"赵柱国对此也起了兴趣。

"不会，我看得很清楚，绝对不会看错。如果不信的话，现在再去检查一下便是。"我肯定道。

"不用不用，我不是怀疑什么。你们年轻人，定然不会像我这种年纪一大把的老骨头一样……只是，如果真是这样的话，事情就有些麻烦了啊。"

没错，正如赵柱国所说，如果我们所见不错的话，现在事情确实朝意料之外的方向发展了。现场竟然是个雪地密室。

冯威的尸体刚好处于一大块雪地的中央，雪地是圆形的，直径至少也有四十米。这么说的话，他离任何一个方向的房间，都有至少二十米的间隔。那么冯威又是如何到那里去的，还是说，凶手使用了什么办法，将冯威扔在了那里？

但不管怎样，这是一个彻彻底底的密室。

我本想再问一下陈默思的看法，他现在倒是一脸淡定地喝着红茶，说不定已经有什么好的想法了。不过还没等我发问，刚才离开的管家老严急急忙忙地跑了过来。他腿脚本来就不好，此时竟如此慌张，不知是发生了什么事。

"老严，你不会跟我说，电话打不通了吧？"陈默思放下马克杯，半开玩笑地向老严问道。

听到陈默思的发问，老严先是愣了愣，随即苦笑着点点头。面对这突然到来的状况，我也一时蒙了。

"没有其他方法联系到外界吗？"

老严摇摇头。"这么大的雪，车也根本开不下山去。"

就在我感到无奈之时，陈默思倒是笑了起来。

"唉，又是一出暴风雪山庄的戏码吗？"

时间的灰烬 3

刚醒的那一刻,我头痛得甚至都开始怀疑人生了。不过这至少证明了我还活着,我在心里暗自苦笑。好不容易才有这么好的一次观测机会,竟然因为自己的身体被完全搅乱了。

我虽然一直躺在床上休息,也严格服用各种退烧药,该流的汗也流了不少,但直到目前为止,发烫的地方仍然烫手,甚至连嗓子都哑了。可以说,我的期待完全落空了。

昨天朱庇特走后,吃完晚餐,我就回到了床上,头昏昏沉沉的,也不知道有没有睡意,就这样迷迷糊糊地躺着。昨晚我拉上了窗帘,所以现在甚至连是白天还是黑夜都分不清。我从床上坐了起来,身体绵软无力,毛孔里流出的汗液像是要把我掏空了似的。爬起来去冲个澡,闷热的水汽甚至让我连气都喘不过来。一切都太糟糕了。

昨天听墨丘利说这里有个咖啡间,也许喝杯咖啡是个不错的选择,至少能让这该死的鼻子通个气。打定主意后,我便用最后的一丝力气穿好衣服,扶着墙壁在走廊上蹒跚前进,我甚至都能感觉到自己身下两条腿的存在。印象中咖啡间应该在金牛座的房间,好不容易找到这里,打开门后,竟然见到了熟人,萨杜恩也在这里。

见到我这不堪的样子后,萨杜恩赶紧起身将我扶了进去,落座后,他责怪我为什么不待在床上好好休息。我便把什么都实话实说了,再继续这样躺在床上,弄不好都要变成干尸了。萨杜恩让我不要乱说话。不过现在的我确实很缺水分,嘴巴干得不行。在我的再三请求下,萨杜恩还是答应去给我冲一杯咖啡,离去的时候他嘴里还念叨着让我注意这注意那的。

我半躺在软绵绵的扶手椅上,这姿势让我感觉到很舒服。眼角的余光瞥到房间一角,才发现这个房间里竟还有另一个人。玛尔斯,这个家伙我可不怎么熟悉,一时也不知道该怎么办才好。也许,就这么坐着不动,已经是最好的选择了。

玛尔斯坐在窗边,那边光线很好,此时的他正拿着一本看起来很厚的书,双眼紧盯着书页,似乎根本没有在意我。我也只是看了一眼,便继续闭目养神了,直到萨杜恩端着咖啡回来,一共才过了不到五分钟。萨杜恩面前的桌子上貌似也放了一本杂志,他刚刚应该就是在看这个。我问他有没有看到什么有趣的,萨杜恩便将杂志翻到其中一页,推到我的面前。这篇文章的标题是"乌龟还是大象——世界各地区对天地的早期认知"。

文章的标题倒挺有意思,我便看了下去。这篇文章主要介绍了古代世界各国对我们所处的天和地的早期认知,比如古代埃及就有大地女神在冥府支撑着大地的说法。古印度人则认为护持神毗瑟拿,化身成大海龟,海龟的硬壳背上站着三只大象,大象驮着半圆形的大地,大象动一动便会引起地震。海龟又站在作为水的象征的眼镜蛇的身上。半圆形的大地中央是须弥山,太阳和月亮绕山运行,当太阳绕到山后的时候,就是漆黑的夜晚。与之类似的是,古代俄罗斯人认为大地像一块圆饼,被三条巨大的鲸鱼驮在背上,而这三条鲸鱼则漂游在茫茫无际的海洋里。

上面这些都是与神话动物相关的近似于传说的说法，显然都是特别感性的认知，大家一笑置之即可。不过也有其他很多地区，关于天地的认知更为理性。比如中国古代很早就有天圆地方的说法，所谓"天圆如张盖，地方如棋局"便是这种说法的典型体现。还有古巴比伦人认为宇宙的中央是高山形成的圆形大地，周围环绕着大海，海洋的尽头有高耸的悬崖峭壁，支撑着吊钟形的天空。而大海的尽头有太阳运行的通管，太阳每天从管的东边出来升上天空，下午从管的西边没入管中，晚上则绕过北侧到东边，准备第二天的运作。

古希腊和古罗马的传说更具体一些。在当时的条件下，他们认为大地就像一个巨大的盾牌，它的四周环绕着深不可测的海洋。与我国古代的认识相反，他们认为这个盾状大地的中心是一片浅海，也就是今天的地中海。这片海的四周则环绕着一圈陆地。在这环状陆地的北边是连绵的高山，再往外就是海洋了。

不过自从公元前六世纪毕达哥拉斯提出地球是球体的设想，到亚里士多德通过月食推断出这一点，再到托勒密宇宙学说的建立、哥白尼日心说的到来，直到麦哲伦完成首次环球旅行，人类对于天地的认知才逐渐清晰起来。文章最后总结说，唯有通过理性的思考和科学的证明才能真正发展对一项事物的理解。

我大概扫了一遍，总的来说，这是一篇不错的科普文章。文章内容的各种引用颇为有趣，论述也很详尽，在科普文章中也算得上是中上等。所以读完之后，我丝毫没有掩饰心中对这篇文章的好感，把刚刚所想的全都说给了面前一直等待我看法的萨杜恩。萨杜恩听完也是连连点头。

"其实这篇文章是我写的。"

原来是这样，难怪萨杜恩刚刚这么急切地希望听到我的看法，看来他对于别人对他文章的看法也是颇为重视的。尤其是我这个本来就比较挑剔的人，能得到我的赞赏，想来萨杜恩也是颇为满意吧，这一点从他布满脸庞的那种极度的满足感中便能感受到。

从后来和萨杜恩的继续聊天中，我才了解到，原来他尝试写作这种科普文章也有一段时日了，不过这还是他正式刊登的第一次。虽然有些方面还不如墨丘利这种老牌的科幻科普都能驾驭的双料作家，但这种写作严谨的态度及风趣幽默的语言倒也是一大特色。而且为了写这篇文章，他一定查阅了很多相关资料，也花费了不少工夫。我本来还想说些继续努力加油之类的话，可话还没出口，就被泼了一盆冷水。

"如果你只能写出这种浅显幼稚的文章的话，我劝你还是趁早放弃吧。"

说这句话的不是别人，正是一直坐在窗边默默喝咖啡的玛尔斯。我感到好奇的是，这还是我第一次听到他说话。不过还没轮到我说话，我一旁的萨杜恩已经坐不住了，他看起来很是生气，接连质问玛尔斯为何要说出这种话。

玛尔斯看向了我们这边，眼神颇为犀利。"从开篇到结尾，都是错的。"

我好不容易按住气得差点儿跳起来的萨杜恩，玛尔斯像是没看到的样子，继续平静地陈述自己的观点。他先是提到了中国，其实光是在中国古代，关于天地结构，就至少有盖天说、宣夜说和浑天说这三种说法。光是这第一种盖天说，也有很多流派，南朝梁代祖冲之之子祖暅在其所著《天文录》中便提道:"盖天之说又有三体:一云天如车盖,游乎八极之中;一云天形如笠,中央高而四边下;一云天如欹车盖,南高北下。"

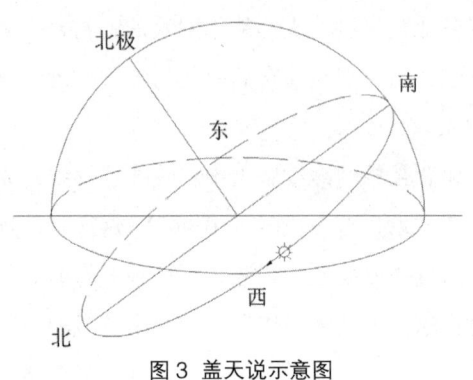

图3 盖天说示意图

另一种说法浑天说是我国古代最为重要的关于天地结构的学说流派。汉代张衡在其《浑天仪注》中便提道:"浑天如鸡子,地如蛋中黄,孤居于内,天大而地小。天之包地,犹壳之包裹黄。"在浑天说中,天是圆的,和大地一起浮在水上,日月五星绕地旋转。这其中关于星辰运转的思想其实已经和托勒密的宇宙学观颇为形似。

此外还有宣夜说,这是当时比较小众的一种说法,由晋代郗萌所起。《晋书·天文志上》记载了郗萌引述其师的说法:"日月众星,自然浮生于虚空之中,其行其上,皆须气焉。"这是宣夜最早的一种说法,不过若论其源流,早在庄子时代,其《逍遥游》中便有类似的论述:"天之苍苍,其正色耶?其远而无所至极耶?其视下也,亦若是则已矣。"宣夜说打破了盖天说天形如车盖、浑天说天为球壳的说法,描绘了日月星辰处于无限空间之中的图景,和我们今天的宇宙思想已经很接近了。

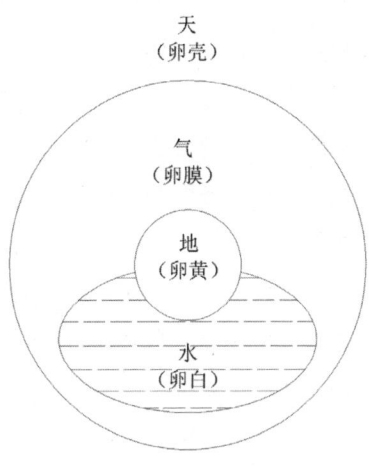

图 4 浑天说示意图

在玛尔斯说这些话的时候，我能明显感觉到萨杜恩情绪上的变化，他对玛尔斯似乎没有刚开始那么敌视了。也许是因为面子问题吧，他还是稍稍反驳了一下。可这种反驳在玛尔斯接下来的话语面前，则显得更加无足轻重了。

原来萨杜恩关于古埃及和古印度的说法，也只是片面的。古代埃及有很多部落，其中流传的关于天地结构的说法就有很多版本。最主流的传说就是萨杜恩所提及的这个大地女神。传说中，大地是男神西布，天空则是女神吕蒂。最初，吕蒂和西布紧密相连，静止在原始的混沌之水中。在创世之日，大气之神从原始水中出现，他把天神吕蒂承托在上，吕蒂为了支撑自己而伸开双手、叉开双腿，于是她的四肢成了天宇的四根柱子，而西布的身体则成了大地。这个版本的绘画甚至在现代出土的木乃伊棺木上都能看到。

而古埃及人的另一种创世神话则跟我们中国的"天圆地方"

一说有异曲同工之妙。他们认为天是一块平坦的天花板，四方各有一个天柱支撑，而星星是用铁链悬挂在天上的灯；大地则是一个方形盒子，方盒的底略呈凹形，而埃及就处在这凹形的中心；在方盒子的边沿围绕着一条大河，尼罗河也只是这条大河的一条支流；在河上有一条大船，它载着太阳往返于东方和西方，使大地形成黑夜和白昼。

　　古印度也是因为部族众多，所以各种传说很多。而且由于这里诞生的两大宗教——印度教和佛教的影响，其关于天地结构的说法也很不同。在印度教中，梵天是印度神话中世界万物的创造者，他的地位相当于中国的盘古。印度神话认为，梵天从金蛋中破壳而出，蛋壳分为两半，变成天和地。而佛教宇宙观主张宇宙系由无数个世界所构成，一千个世界为一小千世界，一千个小千世界为一中千世界，一千个中千世界为一大千世界，合小千、中千、大千总称为三千大千世界。每一世界最下层系一层气，称为风轮；风轮之上为一层水，称为水轮；水轮之上为一层金，或谓硬石，称为金轮；金轮之上即为山、海洋、大洲等所构成之大地；而须弥山即位于此世界之中央。日月星辰的隐现，均为须弥山遮挡的缘故。

　　听完玛尔斯的这番解释，我真的是叹服了。这么说来，萨杜恩那篇文章中所提到的知识，确实是有些浅显和片面了。此时的萨杜恩也完全没了刚开始的得意，甚至连一丝生气都提不起来。我拍了拍他的肩膀，给他鼓了鼓劲，萨杜恩苦笑着看了我一眼。这时玛尔斯站了起来，将喝完的咖啡杯简单用水冲了冲，似乎是想要离开了。直到这时，我才发现，玛尔斯刚刚手中一直捧的那本书，好像是关于中国古代天文学研究的。

　　"能跟我们讲讲吗，这本书？"我指了指玛尔斯手中拿的书。

本来已经准备离开的玛尔斯，在听到我的这句话后停了下来，转过身来看了我一眼。见我颇有兴趣的样子，他想了想，又回去坐下。在玛尔斯的讲述中，我们才知道，原来中国古代已经有很多诸如王充、张衡之类优秀的天文学家，他们的很多著述甚至领先世界其他地区几百年。当然，在高倍的天文望远镜发明之前，天文学家只能通过肉眼丈量世界，臆想的成分不可谓不多。不过，正是在这种一次次的创建、辩论、推翻到再创建的过程中，天文学才得到一次次的发展。

比如在传统"盖天说"的论述中，"天圆如张盖，地方如棋局"，有人曾以此问于曾子，曾子曰："如诚天圆而地方，则是四角之不掩。"这段话的意思很简单，不过此中提出的关于盖天说的问题却颇为尖锐。曾子认为天圆地方，就不能理解为天是半球形的，地是正方形的。如果半球形的天正好覆盖住方形大地的四边，方形大地的四个角则没有天；如果半球形的天正好覆盖住方形大地的四角，东西南北四处的天下则无地。对此，曾子给出的解释是："夫子曰：天道曰圆，地道曰方。"这是把天圆地方的说法哲理化了。

西汉末年，扬雄等人对于早期盖天说的不合理性，则有了更加深入的讨论。扬雄原是信奉盖天说的，并且还颇有研究，他想将自己的著述流传于世。他的好友桓谭则是主张浑天说的，所以责难于扬雄。桓谭的大概意思是，春秋分时，太阳在卯时出酉时入，昼夜长度相等。如果按照盖天说的说法，太阳是绕着北斜的极轴旋转，太阳运行的轨道也应该在偏北的方向。所以在太阳绕行一周期间，人眼所能见到的时间应该短于看不见太阳的时间，也就是说夜长于昼，这与实际情况明显不符。对此，"子云无以解也"。

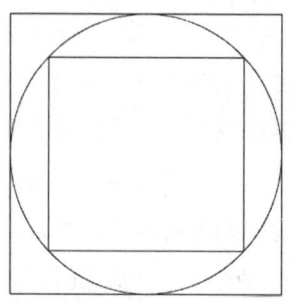

图 5 盖天说悖论

此后又发生了一件事,冬日傍晚,桓谭和扬雄待召时,坐在白虎殿西侧取暖,这时太阳光线从西南方投向东北方。可是过了不久,太阳就在西南方向落山,照不到他们了。对此,桓谭说:如果依盖天说,太阳光此时应该还可以照得到我们,因为此时在西南方向的太阳还应该继续向偏西运行,阳光应该投射到东北偏北的方向,而不应该就此落山而照不到我们。扬雄听后,觉得很有道理,回去之后"立坏其所作"关于盖天说的文章,之后又提出了著名的"难盖天八事",对我国古代天文学的发展产生了很大的影响。

之后,玛尔斯又讲了一个我们很熟知的故事,小学课本上就已经学到过的"两小儿辩日",此故事两汉之际便流传于世。《列子·汤问》中有比较详细的记载:

> 孔子东游,见两小儿辩斗,问其故。
> 一儿曰:"我以日始出时去人近,而日中时远也。"
> 一儿以日初出远,而日中时近也。
> 一儿曰:"日初出大如车盖,及日中则如盘盂,此不为

远者小而近者大乎？"

一儿曰："日初出沧沧凉凉，及其日中如探汤，此不为近者热而远者凉乎？"

孔子不能决也。

两小儿笑曰："孰为汝多知乎？"

两小儿分别以"远者小而近者大"和"近者热而远者凉"为依据，却得到了截然不同的答案。关于这个故事，我国古代天文学者也有过颇为精彩的解答。比如东汉王充在其著作《论衡》中便提道："日中时光明故小，其出入时光暗故大。"意思就是白天时天空很亮，所以看起来太阳就很小；而早晨傍晚的时候天空很暗，所以太阳看起来就很大。这种日面的视大小与天空背景明暗有关的想法，已经十分科学了。

此外，南朝梁著名的数学家祖暅则认为："视日在傍而大，居上而小者，仰瞩为难，平观为易也。"这里他强调了平视或仰视对于太阳视大小的影响。现代科学中，这种看法虽然有一定道理，但大气折射消光作用的影响则更大一些。

关于太阳引起的冷热变化，祖暅也有比较精到的看法："远日下而寒，近日下而暑，非有远近也。"也就是说，祖暅认为太阳并无远近变化，冷热取决于太阳的斜射或直射。"远日下"的时候太阳属于偏射，温度低；"近日下"的时候太阳属于直射，温度高。这只是关于一天之中冷热变化的一种原因。而明代的《草木子·管窥》则给予了补充："日初出时，见日大宜当热而尚寒凉者，阴凝而阳未胜也；日中时见日小宜寒凉而反渐热者，阳积而阴已消也。"热量是个积累的过程，并且显示在温度的变化上，这就导致了中午的温度要比早上高。

除了这些，玛尔斯还谈到了许多十分有趣的事情，这让我在对玛尔斯的博学感到佩服的同时，也对中国古代的天文学产生了浓厚的兴趣。那天下午我们三人交谈了许久，直到临近晚餐的时候才散去。

虽然还在发烧，头也时不时地疼上一阵，身体似乎在抗议我的胡作非为，不过那天我十分高兴，晚上也有了一些食欲，不光把维纳斯为我精心准备的小米粥喝了两大碗，连我最爱的乌鸡汤也喝了很多。众人似乎也觉得我应该快好了，但之后我却为自己的鲁莽行为付出了代价。那天晚上，我上吐下泻了很久，直到很晚才真正睡去，上床的时候，我连自己是否活着都已经不知晓了。

在我半梦半醒时，脑子里不时闪过一个很亮的点，这个亮点忽远忽近。直到它靠近的时候，我才知道，原来是太阳。

日月星杀人事件 4

虽说外面积雪很厚,但那天我们还是尝试了很多办法,可是最后都以失败告终。雪层太厚了,车没开多远,轮胎就完全陷入了雪中,然后就是无休止的打滑。我们的现状是,既不能联系上外界,也不能离开这里——我们完全被困在这座山庄里了。

另外让人感到困惑的一点是,我和陈默思来时中途熄火的那辆车,竟然已经被修好了。我本来以为是老严想了什么办法,不过老严却说自己并没有做什么,甚至连我们车坏了这件事都不知晓。所以,究竟是谁修好了这辆车,竟成了一个疑问。

"会不会是冯威?"小川突然提道。

"怎么会……"话说到一半,我突然想起昨天早上冯威的奇怪举动,"你不会说是那个时候吧?"

"就是那时。"小川觉得我理解了他的意思,继续说道,"那天早上冯威拎着一个类似旅行包的东西,里面的东西看起来也挺沉。如果那就是修理工具呢?而且他似乎就是从我们停车的地方走过来的。"

"会不会只是个巧合?他没有理由……"

我话没说完,就被老严打断了:"不,他有这个理由。"

面对我们质疑的眼神,老严继续说道:"你们或许应该知道，老周是一个不折不扣的车迷，他家里的豪车也不少。我听老周说过，他有一个同样喜欢车的朋友。虽然我没见过，但他与老周的关系可不一般。而且这个朋友除了喜欢车之外，还喜欢改装，老周的很多车都经过他的改装，老周对他的评价可不是一般的好。这次见到冯威，我曾经想过，他会不会就是老周口中那个很不一般的人？"

"这么说的话，就解释得通了。你们想，如果冯威懂得怎么改装车的话，那修理车不是轻而易举的事情吗？"小川继续着他的推理。

"不过他……为什么要替我们修车？"我还是不懂他这么做的理由，毕竟我和他又不熟。

"可能是他心肠好？"小川随口说道，可接着连他自己都摇头否定了。

我回想起了这两天和冯威见过的几面，说实话，我们并没有什么交集。我对他唯一的印象就是神秘、少话，还……有点害羞？联想到昨天早上冯威一看到我们就躲起来的样子，我不禁有了这样的疑问。不过不管怎样，现在这个人已经死了，他躺在被四周围墙高高围起的雪地上，而且，现场还是个不折不扣的雪地密室。

"现场的雪地上连一个脚印都没有，换句话说，就连死者的脚印都没有。这样的话，连自杀的可能性都不存在了。"

虽然我们还没有下去检查尸体，自杀还是他杀的可能性都还存在，但至少目前看来影响不大。要解决这个问题，首先还是得搞清楚这个雪地密室。死者，还有可能存在的凶手，是怎样穿过几十米的雪地，连一个脚印都没有留下的呢？

听了我的话后，小川也说道："死者身上没有雪痕，这说明他不可能是雪停之前就在那里的,这样足迹被积雪覆盖的可能性就不存在了。"

没想到小川也考虑得挺仔细,我向他点了点头,小川有些不好意思地说道:"我只是把心里想的说出来罢了,平时也算是看过一些这方面的小说,但现实情况有什么不一样,我也不清楚,所以有什么不对的地方还请见谅。"

小川可能是有些在意我和陈默思的身份,所以在这里他显得有些过于谦虚了。我本来还想说一点什么,可一旁的陈默思这时却突然发话了:"老严,馆里有一些木板之类的东西吗?不用长,两三米……不,一两米就行了。"

我一时也不知道陈默思这家伙葫芦里卖的是什么药,只听到管家老严回答道:"木板……这种东西,我想应该没有。整座日馆的材质几乎都是石质的,木板的话,应该很少有机会用到,除了那些家具。"

"那其他的东西,钢板、塑料板,甚至玻璃都可以。"

"玻璃有!"老严突然说道,"原本老周今年年初是想把整个日馆都改造一下的,把日馆外围全换成透光的玻璃墙。这些差点儿实施了,不过后来老周病倒之后,这件事就不了了之了。现在一开始运过来的一部分玻璃窗还存放在台球室里间的储藏室里,长度和你刚刚说的差不多,大概三米长、两米宽。"

"我知道了。"陈默思向老严点了点头,转身往回走去。

我们其他几人站在雪地里,看着往日馆方向走回去的陈默思,一时竟不知如何是好。

"默思,你知道了什么?!"我向默思大声喊道。

过了几秒,才传来默思的回应:"先回去再说!"

我看着头也不回的陈默思,只能在心里苦笑了一声。这时赵柱国刚好从车上下来,他刚刚和我们一起从日馆出来的时候,好像关节炎突然犯了,只好临时躲在车里取暖。见我们这里少了一人,赵柱国显然也是一脸的茫然。

我苦笑着看了一眼有些不知所措的赵老先生,伸手拍了拍裤子上的雪痕,走过去搀了他一把,在老先生惊诧的表情中,我们一行人回到了馆里。

"默思,这下你能说说了吧?"

我将刚刚喝了一口的咖啡放下,把揣了很久的疑问抛了出来。此时在客厅的仍然是刚才的那些人,除了回房休息的霍家姐弟,其他人悉数在场。而刚刚没和我们一起出门的小嫒此时也站在一旁,在我们刚刚出去的那段时间里,她已经将餐桌收拾好,并且还十分贴心地替我们准备了咖啡。我刚才只喝了一口,便觉得浑身酥软,瞬间暖和了起来。只不过此时小嫒的脸上,却满是担忧的表情。很显然她是听了我们刚才讨论的话语,知道了我们现在的处境,才会有这样的心情。

我故意咳嗽了一声,小嫒看向我,趁这个时候我给了她一个鼓励的眼神,不,应该说是微笑更贴切些。小嫒也向我颔首,脸上总算挤出了一抹微笑,可眉宇中的那丝担忧,却总也挥之不去。

"其实很简单,我刚刚是想出了这个雪地密室的解答了。"陈默思的表情永远是那么悠闲。

"真的?!"我像是为了确认这一点似的,大声喊了出来。

"嗯,这可是我思考良久,结合诸多线索才得到的答案,那还有假?"如果我只是听到这句话的开头,说不定还让我以为他的神探基因又复活了,可最后的这个反问却直接让他刚刚建立起来的形象瞬间崩塌。

"好……你快说吧。"

陈默思清了清嗓子,像模像样地说了起来:"雪地密室我也见了不少,如果是那种平地上茫茫一片雪原,雪地上干净得连一个碎渣都没有的话,就算是智商突破天际的名侦探恐怕也解决不了。当然,前提这是一篇正统的推理小说,绝对没有飞机、热气球之类的作弊道具。我们这次显然不是推理小说,自然不能排除此类情况,但现在我们身处荒郊野岭之中,哪有什么飞机,就算是热气球这种东西恐怕也没有空间和时间来准备吧。所以,这种情况这次我们也可以直接排除。接下来我也不多说废话了,直接切入正题。"

直接切入正题……这倒出乎我的意料。往常这家伙在说出解答之前,通常都是先胡扯一堆有的没的。不管你想不想听,他都能自我表现好久,陈默思就是这样的一种人。可现在他却没有这样,我倒要好好听听他接下来的说法了。

"我的想法很简单,这次虽然是雪地,但其实它只是一个直径四十米的圆圈。在这个圆形雪地的周围,存在着一圈高高的围墙,刚好将其围了起来。如果我们借用这个围墙的话,会不会实现这次的雪地密室呢?答案是肯定的。而实施这项操作的关键,就在于中间介质的存在。而玻璃,就是这个中间介质。"

"玻璃……你是说,把这些玻璃架在围墙上?"

陈默思笑了笑,说:"没错,架在围墙上,或者说,架在这座日馆中央的圆形空地上方。"

"可这些玻璃块,最长的也只有三米,根本不可能跨过长达四十米的雪地啊!"我毫不犹豫地提出了疑问。

"一块当然不够,如果有很多块,然后互相之间连接在一起呢?"

"很多块……连接在一起?是用绳子吗?"

陈默思扭头看了管家老严一眼,似乎想让老严回答这个问题。而老严也的确不负众望,很快阐明道:"很遗憾,我们这里并没有这样的绳子。"

显然,刚才这句话也在陈默思的意料之中。他端起了咖啡,似乎并不急于回答这个疑问。我仔细思考了一下,可一时半会儿也确实没什么想法。倒是一旁的小川,眼睛突然一亮,似乎有了什么想法。

"有了什么想法,就说吧。"陈默思将杯口凑近嘴唇,似乎在有意提醒着某人。

"我有一个想法。"小川犹豫了一下,最终还是忍不住说了出来,"如果绳子不行的话,水行不行?我是这样想的,在玻璃板的首尾两端都洒上水,然后分别用另外两块玻璃贴紧。这样由于水的张力,两块玻璃板之间会贴合得很紧,硬掰的话其实是很难分开的。如果我们将十几块这样的玻璃首尾相连,最终就会得到长度超过四十米的'架杆'。而如果我们将这根'架杆'横跨于日馆中央的雪地之上的话,我想不管是谁,只要他能通过这根'架杆'走到雪地中央的上方,都能将冯威推到雪地中央。只要他双脚齐全,不恐高,就能做到这一点。"

"有趣。"陈默思看着小川津津乐道的样子,很是赞赏地点了点头,"不过光是靠水的话,恐怕没有这么大的结合力哦。"

"把水凝结成冰,这样如何?"小川突然想到了这一点,继续说道。"现在室外气温已经低到冰点以下了,只要将用水黏结好的玻璃板放置在室外,两块玻璃板之间的水膜很快就会凝结成冰。我想这样的话,两块玻璃板之间的结合力应该足以支撑两个人的重量吧。"

"哈哈，你的想法很好。不过具体行不行得通，还得看玻璃能不能承受住两个人的重量，毕竟玻璃的强度也是有限的。老严，这里的玻璃板厚度大概多少？"陈默思突然又问出了这样的问题。

面对陈默思的这种疑问，老严显然也已经是见怪不怪了，他想了想，很快说道："如果我没有记错的话，这批玻璃的厚度规格应该是五毫米。"

"好，那我们现在就可以来计算一下了。老严，有笔和纸吗？"

看着陈默思一本正经的样子，老严愣了一下，不过还是点点头，离开这里。很快老严就拿着纸笔回来了。

接过纸笔的陈默思，一句话也没说，就开始在纸上写了起来。我看了一眼，好像是一个公式，不过作为一个文科生的我，显然是看不懂的。我用余光偷偷瞄了一眼其他人的反应，和我一样，他们也是一头雾水。只有小川，他若有所思地点了点头。

写好这个看起来也不是很复杂的公式之后，陈默思终于放下了纸笔，抬头向我们解释道："这个就是三点弯曲的抗弯强度计算公式，你们不懂也没关系，我可以给你们解释一下。在对材料的力学性能进行测试的过程中，抗弯强度是一个必不可少的性能指标。通常我们会通过三点或四点弯曲来进行测试，其中三点弯曲就是将板材的两端固定，在其中央施加一个力F，如果板的厚度是h，那么在h/2处就存在最大应力σ_{max}。只要这个最大应力不超过材料本身的最大弯曲强度，材料就不会发生弯曲断裂。"

$$\sigma_{max} = \frac{FL}{4W}, \text{其中 } W = \frac{ah^2}{6}$$

见我们似懂非懂的样子，陈默思继续说道："如果我们将按照小川刚刚那个办法制成的很多块玻璃板看成一个整体，这个四十米的超长玻璃板横跨在日馆上空，其两端固定，最中间如果有两个人的话，就有一个下压的力量，这个力量就是F。所以，这完全可以简化成一个三点弯曲的模型。"

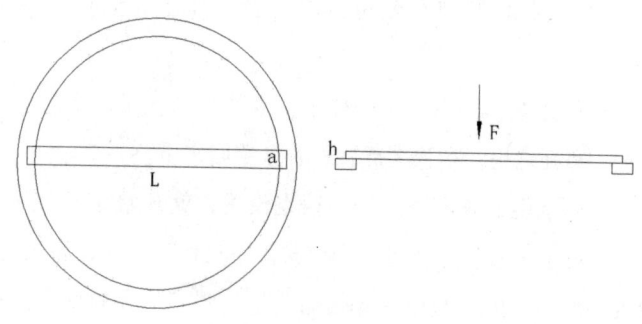

图 6 公式示意图

"好了，你具体说说，这个公式里的字母，分别代表什么含义吧。"我实在等不及了，只好催促道。

"F是压力，这里就是指两个人的重量，冯威体壮，再加上另一个人，最起码也得有二百公斤的重量。所以说，压力F大概是两千牛。L是指跨距，这里是四十米。W是抗弯截面系数，可以由后面这个公式算出来。后面这个公式中，a是指玻璃板的宽度，也就是两米。h是指厚度，这里是五毫米。所以只要把这些数据代入这个公式，就可以求出最大应力σmax。只要这个最大应力不超过玻璃本身的最大弯曲强度，理论上小川刚刚的这个想法就可以实现。"

"所以答案是多少？"我继续问道。

"别急，等我算算。"

话一说完，默思便再次拿起笔，埋头算了起来。干净的纸面上很快就出现了很多数字，没过一会儿，半张纸就被画满了黑色的墨水印。

"怎样？"我见默思停下了计算，便赶紧问道。

"二百四十兆帕。"

"那够不够？"

陈默思摇了摇头。"普通玻璃的强度也就二百兆帕左右，更不用说这里的玻璃板是用冰黏结起来的，本身的结构强度就不会有这么大。所以，别说两个人，即使只有冯威一个人站在玻璃板的中央，这个四十米的超长玻璃板也很难承受。"

这句话的最后，陈默思其实是对着小川说的。听到结果后，小川显然也有点泄气，刚刚还神采飞扬的表情瞬间黯淡了下来。

"其实已经很了不起啦！能想到这里，差一点就成功了。要是我，肯定是怎么想都想不到的！"

这句打气的话是小媛说的。小媛的声音本来就很甜，再加上此时她故意用上的可爱语气，任谁听到都不免心里一软。小川自然也不会逃过，听到小媛的鼓励后，他向小媛笑了笑，心情看起来好了许多。只是不知怎的，我心里却有些不是滋味了。

"小兄弟，你有什么看法吗？"赵柱国此时也过来凑了个热闹，他提问的对象自然就是一直说话的陈默思。

"我的想法其实和小川的很像，只不过，我的做法是将两个人的重量，平均分配给很多块玻璃板。"

"哦？怎么说？"

默思再次拿起笔，开始在纸上画了起来。

"首先，当然可以使用小川刚才提到的想法，将几块玻璃板黏结到一起，但不需要四十米这样的长度。当然，为了尽量节省使用玻璃板的数量，太短也不可以。简单计算一下，三角形比较合适，这样的话最外边玻璃板长度大概三十五米。然后我们将三条这样三十五米长的玻璃板，依次搭在日馆边缘，形成一个三角形的结构。之后，再以三角形每个边长的中点为支撑点，依次将短一些的玻璃板搭在上面。之后以此类推，直到接近雪地中央为止。这样，最终形成的其实是一个类似于蛛网的结构。这种结构的好处在于，它可以将最中心承担的力，完美地均分到边缘的三块玻璃板上，也就避免了刚刚小川那种设计中承力不足的问题。"

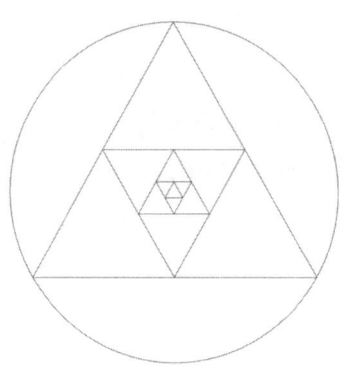

图 7 日馆网络

陈默思说完，身子往后一仰，把他在纸上刚刚画的示意图直接展示在了大家的眼前。我在第一时间就凑了过去，还真是有点像蛛网的结构。我想象着在这个大型蛛网上，蜘蛛拖着已经被它杀死的猎物的场景。由于它和猎物的重量被均匀地分散到了蛛网的数个角落里,所以就算在寒风中,整个蛛网也是纹丝不动。蜘蛛将一动不动的猎物缓慢地拖到蛛网中央,随即扔了下去,猎物以一种奇怪的姿态掉落到了雪地上。随后蜘蛛爬了回去,将精心搭好的蛛网毁去,就像毁去一件心爱的艺术品一样。直到所有的痕迹都已抹去,蜘蛛再次潜伏了起来,伪装成了它要猎捕的猎物的模样,等待着下一次的出击。

脑子里的画面像洪水一样不受控制地漫溢了出来,我摸了摸额头,不知何时已经被冷汗浸湿。

"老严,你能带我看看放玻璃的那个房间吗?"陈默思再次说道。

"可以可以。"老严很快点头道。

在老严的带领下,我们很快就来到了台球室的里间门前。门打开后,里面光线很暗,窗帘被拉上了。房里的空气也很浑浊,就连站在门外的我也能感受到那股强烈的属于灰尘的气息。看来这里已经很久没人进去过了。最先走进去的陈默思很快找到了开关,将灯打开,房间顿时亮了起来。

说是储藏室,但里面很空,一眼看去似乎什么东西都没有。我仔细观察了一下,才发现房间一角摆放了很多透明的玻璃板,和老严说的一样。可看到玻璃板的那一刻,陈默思便像是泄了气的皮球一样,他只是站了一会儿,便转身离开了这里。和我擦身而过的那个刹那,我能感受到他很是低落的心情。

可我还是不懂到底发生了什么,刚刚的陈默思还是那么自信满满,几秒钟之后就变成了这样。完全不能理解的我,看向了其他人。

"这里的玻璃数量不够。"小川缓缓说道。

这时我再次将目光转到了那个角落，明晃晃的白色灯光下，几排堆叠起来的玻璃板正安安稳稳地躺在地板上。我在心里大概数了一下，总共只有十几块的样子。这下我终于明白了默思会有这种表情的原因。按照默思那种想法，没有几十块玻璃板是不行的，而这里的玻璃板数量，要远远小于他的预期。

所以，陈默思的想法也失败了，我们重新回到了原点。

这件事之后，陈默思就像是个赌气的孩子一样，把自己锁在了房间里，就连吃晚餐的时候也没有出来。小媛本来想直接把晚餐送到默思的房里，被我制止了。我深知陈默思这家伙的性格，他有时实在是太骄傲了，受不得半点失败的打击，这也是他不成熟的一面。

"只能等他气消了再说了。"我向小媛说道，"对了，其他两人呢？"

除了陈默思之外，霍家姐弟两人也一直没有出现。听到我的话后，小媛说刚刚已经将晚餐送到他们各自的房间了。不过霍雨薇的状况貌似不太好，见到小媛的时候还是那样疯疯癫癫的。也许是因为姐姐的缘故，霍霖也把自己锁在了房间里，小媛进去的时候，他把自己裹在被子里，情况也不容乐观。

所以说，凶手的目的已经达到了，他不光成功杀害了一个人，还几乎摧毁了我们所有人的心理防线。就算现在还在客厅的我们，也全都萎靡不振。

"我总感觉，今晚过后，还会出现下一个死者。"

小川蜷缩在沙发上，将头埋在膝盖里。

"不要胡说，也许凶手的目标只有冯威呢？"小媛反驳了一句，但她显然也是毫无底气，于是又补充道，"就算凶手还有目标，我们只要做好防范，肯定不会发生什么的！"

"冯威那么壮都这样了，你说我们又能做什么？和他们一样把自己锁在房间里？我可不要这样……像牲口一样被关起来，任人宰割！"小川说最后这句话的时候，用了很大的力气，甚至都有些破音了。

小媛似乎也被小川的反应吓到了，她往后退了半步，小腿碰到了后方的沙发上。

"我也觉得凶手肯定不会就这么放手的。"赵柱国此时也说了起来，"首先，冯威不一定就是十年前小黎那起事件的凶手。这次隐藏在背后的这个人就是凶手，发出那个邀请函，把我们都叫了过来，这说明他本身是不知道十年前的真相的。再者，这次的凶手至少目前看起来还没有收手的迹象，他等到大雪封山才下手，切断了这里与外界的联络，就是不想让我们离开这里。也就是说，他的目的就是想把我们全都关在这里，至于他要干什么，我想也不用多说了。"

赵老先生最后的这句话虽然只是无意中说出来的，却让现场的所有人都感到很不舒服。我看到连刚才还强行反驳的小媛都有些站不住了，便站起来说道："我觉得大家不要多想了，现在情况还不明朗……"

"反正死的会是我们，你当然不用担心了。"小川盯着我，冷冷地说道。

我看着一脸冷漠的小川，一句话也说不出来。

"小川，你不要这么说。"赵老先生说道。

"我说得有错吗？我们这里和十年前那件事完全无关的，只有他和那个自以为是的神经质侦探。凶手要找出的是十年前的那个人，真正想杀的也是那个人，怎么也轮不到他们头上，我说得没错吧？"小川停了下来，将目光移向众人，"所以我说，与其让这个凶手不停地屠宰我们，不如让十年前的那个人主动站出来，凶手想杀的其实只是他，我们都是被无辜牵连的受害者！怎么，不敢出来吗？十年前，有胆子干出那样的事，现在却像个缩头乌龟一样，算什么本事！出来啊！出来！"

"够了！"小嫒大声喊道。

这句话的声音很大，听起来很是尖锐，我一开始都没反应过来这是小嫒喊出来的。小川似乎也被小嫒的这声喊叫镇住了，他没有再继续说下去，只是默默站了起来，转身离开了。小川离开后，小嫒终于像是支持不住的样子，轰的一声倒在了沙发上，随即传来了不住的抽泣声。

这时候管家老严也不在，我一时竟不知如何是好。赵老先生向我努了努嘴，我只好硬着头皮坐在了小嫒身旁，想着该怎么说些安慰她的话。可我刚坐下，小嫒突然向我扑了过来，双手直接抱住了我的肩膀，将脸埋在了我的胸口。我敞开着双手，就这么愣在了那里。

赵老先生倒是像早有预料似的，冲我露了一个讳莫如深的笑容，然后也转身离开了。整个大厅就剩下了我和小嫒二人。

"抱我一下。"小嫒突然这么说道。

我吓了一跳，脑子里更加混乱了，手也不知道该放在哪里。就在我犹豫的时候，我能感觉到，小嫒紧抱着我的双手突然更加用力了。我想了一下，还是像小嫒说的，将右手放在了她的后背上。在我的手掌贴上小嫒后背的时候，我能明显感觉到她全身颤了一下，这样的感觉很短，短到我甚至怀疑起这只是我的一个错觉。

就这样，小嫒在我的胸口哭了一段时间，在这期间我们就保持着这样的姿势,我甚至连手的位置都不敢随意改变,生怕引起小媛的一丝反感。也许是因为哭泣的缘故,小媛的身体很暖,我保持着这样的姿势,到最后额头上都渗出了汗水。

突然,小媛将紧抱着我的双手松开了,我也赶紧将放在她后背的手收了回来。小媛慢慢坐直身体,我看到她那两只漂亮的大眼睛此时都哭红了。

"谢谢你。"小媛的声音很是嘶哑,再联想到她刚才的哭泣声,我感到有些心疼。

我本想再说些安慰的话,小媛却突然伸出手,在我的胸口擦了擦。我低头看了看,原来那里已经湿透了,本来亚麻色的线衫上出现了一个圆形的水迹。我看着水渍,笑了起来。

"我给你擦擦。"小媛有些不好意思地说道。

我赶紧摆了摆手,但小媛还是很快地抽了两张纸巾,仔细擦拭起来。

"刚刚吓到你了吧?"小媛一边擦拭一边说道。

"没有……呃,有点……"我还是实话实说。

小媛听后也没有怪我,不再说话,只顾低头帮我擦拭线衫上被泪水染湿的痕迹。

"小媛……怎么了?"我有点担心地问道。

"没什么,只是刚刚突然有点想哭,然后就哭出来了。有点丢人,是吧?"小媛将已经润湿的纸巾丢掉,重新抽了两张继续擦拭。

"不,哭出来才好呢。很多时候,压力大了,伤心了,哭一下,心情就会好很多了。"我看着小媛,继续说道,"当你想哭却又不能哭,才是最需要坚强的时候。"

不知为什么,我竟然说出了这样的话语。其实,我已经好几年没有哭过了。自从大学那唯一一次失恋之后,我再也没有哭过。不管是遇到再怎么困难的局面,我都是坚持着挺过来的。而这已经渐渐成了我的信条。

我伸出手,摸了一下小媛的头发。小媛看着我,轻咬了一下嘴唇,随即点了点头。

"啊,都十点了!"小媛突然叫了起来。

"也是,时间不早了,早点儿休息吧。"我说道。

"不是不是,不是这个啦!算了,你跟我来!"

小媛说完就拉着我的手,直接奔向走廊。就这样,一无所知的我,被小媛拽着,下楼,出了日馆,来到了冰天雪地之中。

夜晚的天空真的很干净,可能是已经下了雪的缘故,天空中看不见一丝乌云,晴朗的夜空中点缀着无数闪亮的星辰。月光洒在雪地上,白色的积雪将这皎洁的月光散射到世界的各个角落,只留下雪地上此起彼伏的斑驳的树影。夜风微动,树影起伏,整个世界安静得只剩下了夜风拂过雪面的沙沙声。

我看了眼从刚才开始就站在身旁的小媛,她仰着脖子,一直看着满天的星斗。突然,眼角的余光感受到了一丝微亮。这时,小媛也大声叫了起来,她拉着我的手,嘴里不停叫唤着,双眼仍紧盯着天空的一个方向,身体都高兴得跳了起来。

"快看!真的来了!"小媛大声喊道。

我将头扭了过去,视线中一道道闪过的流光,将整个星空都点亮了。小媛紧紧握住我的手,随着流星一个个划过,手的力量也在时刻发生着变化,我能感受到,身旁的小媛真的很开心。

那晚的双子座流星雨持续了近一个小时,我和小媛就这样在冰天雪地之中站了一个小时。可我一点也感觉不到寒冷,感受着手掌传来的温度,我甚至想这样的时间能长一点。

"晚安吧,阿宇。"

这是那晚她对我说的最后一句话。

我在心里默默发誓:不管发生什么,我都会保护你,小媛。

时间的灰烬 4

那晚上吐下泻之后，没想到第二天我的身体状况竟莫名其妙地有所好转了。我将其归功于以毒攻毒的效果，而萨杜恩则让我一定要好好感谢维纳斯。我这才知道，原来事情并不像我想象的那样简单。

那晚我上吐下泻，躺在床上不省人事之后，维纳斯由于放心不下，偷偷来我房间看我了。听萨杜恩提到这个之后我确实有些不好意思。之后维纳斯看到我在床上浑身冷汗梦吟不断，着实吓了一跳，便留下照顾了我一晚。其间她一直替我更换放置于额头上冰敷用的冰袋，一刻未停，直到天快亮，我情况有所好转时才离去。

"要不是维纳斯，你小子估计已经烧成痴呆了吧！还不快去谢谢人家！"

听着萨杜恩在我耳边不停地狂轰滥炸，我嘴中只得连连称是，并表示马上就会去道谢。不过我的心里却翻起了惊涛骇浪，没想到维纳斯会对我那么好，这完全是我可望而不可即的——不对，应该是想都没有想过。我本想马上就去找维纳斯致谢，不过又被萨杜恩制止了。我这才知道，原来现在才早上九点，如果维纳斯昨晚一整晚都在照顾我的话，现在应该还在休息吧。

我为自己刚刚的考虑不周感到惭愧。

我决定先吃早餐。随着病情好转，食欲也恢复了。今天早上负责早餐的是涅普顿，虽然平日的三餐我们其他几人偶尔也会帮忙，但主要都是维纳斯和涅普顿来负责的。今天由于特殊情况，维纳斯仍在休息，所以早餐就全由涅普顿来负责。也是，她虽然看起来还是个小女生，毕竟也有二十岁，准备早餐这种最基本的家务活，就算不会也该开始学习了。

正当我抱着这种想法走进餐厅准备大快朵颐的时候，却被刚刚被我小视的涅普顿着实教训了一番。餐桌上摆了五份餐盘，里面有早餐用的三明治、煎鸡蛋、牛奶等，墨丘利、玛尔斯、涅普顿、普鲁托几人已经在吃了，还有一份应该是留给我身旁的萨杜恩的。也就是说，没有我的那一份。

我着实愣了一下，随即看到涅普顿那张漠然相视的面孔后，才知道了什么。萨杜恩也应当立马就意识到了这个，连忙打了个哈哈，说大家可能不知道我身体好得这么快，以为我早上也会在房间休息，才没有帮我准备早餐。但当时涅普顿也完全没有起身替我再准备一份早餐的意思，萨杜恩见到这点，表示他早上其实胃口也不好，一份早餐吃不完，可以和我分着吃，就不用再准备早餐了。虽然费了很大一番力气，不过萨杜恩的努力倒也缓解了餐厅里的尴尬气氛。

那之后我就和萨杜恩一起分着吃了一份早餐，其实我也没吃多少，大部分还是被萨杜恩吃了。本来早上还挺好的胃口，遇到涅普顿刚才的那次刁难，吃什么都没味道了。早餐吃完后，涅普顿也只是匆匆收拾好餐具，就马上离开了，甚至都没看我一眼。直到后来我才知道，原来那天早上涅普顿之所以会生我的气，原因全在维纳斯身上。维纳斯因为照顾我，一晚都没休息，其中的辛苦劳累想必每个人心里都很清楚。而一直把维纳斯当姐姐看待的涅普顿却发起了小脾气，她把害维纳斯这么辛苦的责任全都归结到了我的身上，所以才没帮我做早餐，甚至连正眼看我一次都没有。知道其中种种原因的我只能苦笑着摇摇头，同时也只能摸着很快就饿瘪的肚皮，期待着午餐赶快到来。

那天正好天气晴好，上午吃完早餐后，我们就来到了咖啡间，一边喝热饮，一边晒着冬日的阳光休息。最初不知道是谁挑起的，后来话题就演变成了地球、太阳、月亮三者之间关系的讨论。我起初并没有发言，只是坐在那里有意无意地听着，当时大部分时间都是墨丘利在说话。谈着谈着，突然谈到了地球直径这个问题上面。现在我们当然知道地球是个南北短东西长的椭球体，其赤道周长约为四万公里。但人们真正认识到这一点，却花了上千年的时间。

我国古代，《山海经》中就有"天地之东西二万八千里，南北二万六千里"的说法。虽然当时人们普遍相信的是"盖天说"中"天圆如张盖，地方如棋局"的说法，不过其对天地形状东西与南北不等的看法却十分超前。自古以来也一直有先人尝试着计算天地的大小，但由于地平理念的桎梏，几乎所有的计算都是徒费气力。而反观西方，早在公元前三世纪，在当时已经希腊化的埃及，地理学家埃拉托斯特尼就已经测量出了地球的直径，这一数据已经极为接近现代天文学所采用的标准地径。

埃拉托斯特尼当时住在埃及的亚历山大港，在同一子午线以南有个叫阿斯旺的城市，那里有一口很深的井，正好位于北回归线上。每年夏至那天的正午，太阳能够一直射到井底；而在这一天，亚历山大港口正午的太阳并不是直射的。他就用一根长柱，垂立于地面，测得亚历山大港口在夏至那天正午太阳的入射角为七点二度,于是他肯定:这七点二度的差值,正是亚历山大港口和阿斯旺两地所对的地面弧距。用两地间的距离除以这个弧度,就可以求得地球的半径。

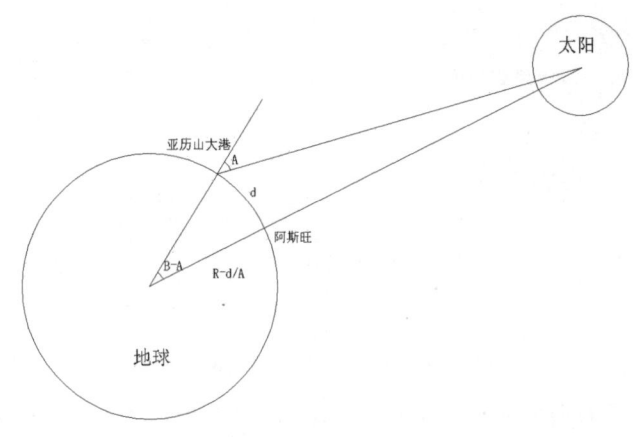

图 8 测量地球半径

通过这种简易的计算,就能求得地球的直径,不得不说是一种十分巧妙的想法。但直到后来牛顿的时代,人们才逐渐认识到地球其实是个不完全规则的椭球体。

墨丘利不愧是个科普作家,各种天文常识信手拈来,我们就算只是坐在那里听,都已经学了不少东西。当然,关于中国古代天文学知识的部分,很多都是玛尔斯补充的。经过昨天下午的讨论,玛尔斯好像已经变得不那么沉默了。

而月球直径和地月距离的测量,其中一种简单的方法就是根据月食来进行的。月食时,地影投射在月球上,我们从地球上就能很直接地看到地影和月球的相对大小,而我们已经知道了地球的直径,月球的直径也就很容易得到了。知道月球直径后,和之前提到的求地球周长的方法类似,我们用这个直径来除以从地球看月球两端所夹的角度,就能得到地月距离。

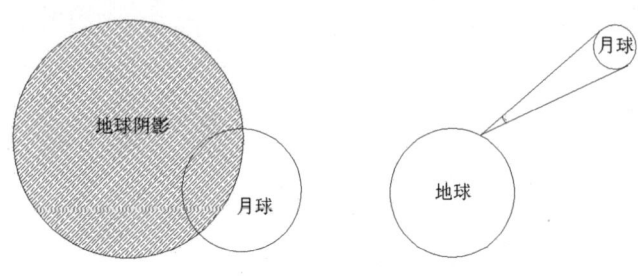

图9 月球测量

但太阳直径和日地距离的测量相对而言就困难许多,因为太阳离我们太远了,很多方法测量得出的数据都不是很准确。直到十八世纪初,英国天文学家哈雷想到了一个很巧妙的方法。在金星凌日的时候,如果我们在两地观测,由于透视的缘故,不同地方看到的金星凌日的路径并不是一样的。如果两位观测者都记录了金星进入和走出日轮的时刻,就能算出金星凌日所需的时间,从而知道两条弦线的长短差异,两条线之间的距离也能算出来了。知道间距和其对应的角度,根据之前的方法,我们就能算出日地之间的距离。知道日地距离,太阳的直径便呼之欲出。

当然,关于日地距离,也还有其他很有趣的测量方法。比如我们知道太阳的光线到达地球需要八分十九秒,乘以光速,就是太阳和地球之间的距离。那这个八分十九秒又是怎么算出来的呢?十七世纪时,法国巴黎天文台的天文学家罗默发现了一个很有趣的现象。当时他一直在跟踪观测木星的卫星,由于木星的卫星一直绕木星旋转，所以有时会被体形巨大的木星遮挡住。而奇怪的是，在一年中的不同观测时期，这个现象发生的时间却不尽相同。在相冲，也就是木星离地球最近时，这个现象要早发生八分十九秒；而在相合，也就是木星离地球最远时，这个现象要晚发生八分十九秒。很显然，由于不同时期地球与木星的相冲相合，两者之间的距离是不一样的，刚好相差两个地球轨道半径。而这个八分十九秒，就是光线用来行经日地间的距离的。

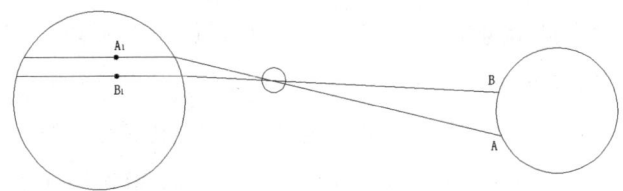

图 10 金星凌日

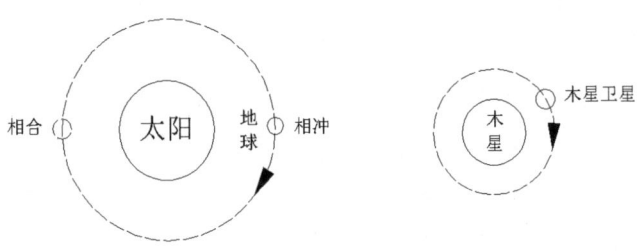

图 11 木星时间

在听墨丘利说完后，我才恍然大悟，原来我们以前所了解的太阳光线到达地球的时间最开始是这么得来的。不得不说，这真的是太巧妙了！

这时，一直不说话的玛尔斯突然叹了口气，这在众人原本的吃惊中显得极为突兀。我问他为什么会有如此表现，玛尔斯说他是为中国古代的天文学叹气的。中国从四千多年前的尧帝时代开始，就已经设有专职的进行"观象授时"的天文官；各大文明中，我国对太阳、月亮、行星、彗星、新星、恒星，以及日食和月食等方面的记录最为全面，我国甚至是最早记录太阳黑子的国家，神话中的"三足金乌"就是对太阳黑子的典型描述；我国在历法上的成就也十分辉煌，从二十四节气、最早的"四分历"，到南宋时期的"统天历"，再到元代的"授时历"，均比其他地区领先数百年。天文仪器方面，从最古老的用来测量日影长短的土圭，到西汉时的浑仪，到东汉时张衡创制的世界上第一架利用水力的浑天仪，再到元代郭守敬先后创制和改进的简仪、高表、仰仪等众多天文仪器，我国一直处于世界领先地位。

但很可惜的是，从十六世纪欧洲文艺复兴开始，中国在各方面都逐渐落后了，这其中当然包括天文学。直到近代，在充分接受西方天文学之后，中国的天文学研究才逐渐有了起色。现在月球上有了以中国人命名的环形山，也有了以中国人命名的小行星，这都是近代以来无数天文学者持续努力的结果。

不过没想到玛尔斯是如此感性的一个人，今天他的表现让我对他的印象彻底改变了。之后我们和玛尔斯聊到了他之所以研究天文学史尤其是中国天文学史的原因，原来一切都是源自一起不大不小的争论。玛尔斯除了对天文学十分了解之外，对中国古代文化也有一定兴趣，所以他经常会去各种历史博物馆参观。

有一次他去省博物馆参观，在殷商时期文物展厅前逗留的时候，遇到一个外国人正用蹩脚的中文和旁边的中国友人说话。这些话不经意间也进了玛尔斯的耳中，却直接让他火冒三丈。原来那个外国人话里的意思是夏商的历史都是不存在的，这些所谓文物都是中国人伪造的。那个外国人又说了各种理由，比如夏商从来没有准确的纪年，关于夏商时期的历史基本上都来自传说。他甚至说《史记》关于夏商的记载都是杜撰的，因为除了《史记》，后世根本没有关于夏商的记载。更让他恼火的是，旁边那个中国人却一直点头哈腰连连称是，连一句反驳的话都没有。玛尔斯气昏了头，本想前去理论一番，可随即还是理性占了上风。他知道，他根本没有任何用来反驳的证据。那次不折不扣的挫败感深深地印在了他的脑海里。

直到后来，玛尔斯有机会参加了一个天文学的讲座，做讲座的是中国一位著名的天文史学家。讲座中，那位天文史学家刚好提到了中国古代典籍所记载的星象的作用，比如其中一个例子是关于武王伐纣具体时间的判定。《淮南子》中有记载："武王伐纣，彗星出，而授殷人其柄。"我国已故的著名天文学家张钰哲先生根据计算认为，这里提到的彗星就是著名的哈雷彗星，而那次哈雷彗星回归的日期是在公元前一〇五七年三月十四日。

听到这里的时候，玛尔斯就像被电到似的，他此时才知道反驳那个外国人的方法。如果史料中记载的各种星象和现代天文学方法所计算的相符，也就能说明史料的真实性了；反之，也能通过史料中记载的星象，对具体历史事件的发生日期进行断代。如果玛尔斯当时就已经知道这个的话，现在也不会这样遗憾了。所以从那之后，玛尔斯就开始接触天文学史了，尤其是中国古代的天文学史，他想让更多的人在了解天文学的同时，也能进一步了解中国古代辉煌的天文学成就。

而玛尔斯也确实做到了这一点,至少通过这两天和他的接触,我已经对中国古代的天文学产生了极大的兴趣。我问坐在一旁年龄只有十岁的普鲁托有没有听懂,他先是点点头,随后想了想,又使劲摇着头。看着普鲁托这可爱的模样,我们所有人都笑了。

不过普鲁托才这么小就对天文学有这么大的兴趣,如果能这样一直坚持下去,以后超过我们这些老古董只是时间问题。我伸过手去,想摸摸普鲁托的小脑袋瓜,可他突然从椅子上跳下来,避开了我伸过去的手。他向我做了个鬼脸,然后一溜烟跑掉了。只留下略显尴尬的我,无奈地笑了笑。

那天的午餐我终究还是吃到了。其实涅普顿气消了之后,人还是挺好的,虽然她后来也没主动向我道歉,但午餐时我餐盘里比别人多的那两片火腿,就已经说明了一切。我们吃过午餐,休息了一整个上午的维纳斯才出现在众人面前,她面色看起来不太好,明显是昨晚睡眠不足的缘故。看到这一幕,本来已经消气的涅普顿又瞪了我一眼。之后涅普顿让维纳斯坐下好好休息,赶紧替她准备一份午餐去了。等见到那份午餐时,里面那丰盛得看起来就足够让人流口水的食物,让我真正明白人与人之间的差距还是挺大的。

不过可能是因为昨晚的劳累,维纳斯看起来胃口并不是太好,她只吃了一半不到。我再次向维纳斯表示了感谢,并把萨杜恩早上对我说的话原样说了出来,要不是维纳斯,我昨晚可能就真的烧成傻子了。维纳斯只是笑了笑,没有多说什么,就又回去休息了。我看着维纳斯疲惫的背影,心里真的感到有些不好意思。

下次吧，如果有下次，不管说什么我都会帮她，我在心里下了这个决定。

　　那天晚上下雪了，白色的雪花降落在荒芜的大地上，将大地上所有的生灵覆盖。我躺在床上，伴随着窗外呼呼的风声，很快就入眠了。已经很久没有睡过这么安稳的觉了，我想这样安然入睡的我，脸上一定挂着微笑。

日月星杀人事件 5

然而,厄运还是降临了。霍雨薇死了。

我们发现她的时候,她穿着一身紫色睡衣,躺在洁白的雪地上,像是一朵紫罗兰,盛开在冰天雪地之中。旁边就是月潭,光亮的潭面,洁白的雪地,将这株唯一的紫罗兰紧紧包裹,冰冷的气息令人窒息。

我们站在雪地上,背后就是外表漆黑的日馆,寂静的雪地很快就被一声撕心裂肺的呐喊打破。发出这种声音的正是霍霖,他此时正疯狂地挣脱我们的拉扯,像一头野兽,朝月潭的方向扑过去。我看着他发红的双眼,满脸四溢的泪水,完全能理解他内心的悲痛。他姐姐的死,是我们所有人都不能预料的。

"你是谁?!"突然一声怒吼,从霍霖沙哑的喉咙中冲了出来,他红着双眼,对着空无一人的雪地大声吼了起来。"你到底是谁?!你出来!有本事冲我来啊!来啊!不要伤害我姐……不要伤害我姐……"

随即,这些无力的吼叫变成了持续的呜咽声。

"霍霖,不要这样。"赵老先生在一旁说道,这还是我第一次见到他如此严肃的样子。

霍霖蹲在地上,抱头痛哭。许久,他才抬起头,带着哭腔说道:"他杀了我姐……我姐人那么好,不应该这样的……不应该的……"

说完,他又忍不住哭了起来。我看着眼前的一切,瞬间有一种极其不现实的感觉向我袭来。霍雨薇死了,昨晚凶手杀了她。这么说的话,凶手是真的没有停下他的脚步,他的目的是想杀光我们所有人。

"疯了,全都疯了!"小川突然大喊大叫了起来,他疯狂地抓着自己的头发,瞪大双眼,眼角甚至能看到血丝。

"冷静一点,小川!"我大吼一声,这声音令我自己都吃了一惊。不过还好这句吼声还算起了点作用,小川看着我,把手放了下来,慢慢恢复了冷静。

"抱歉,我有些失控了。"小川向我们道了一句歉,可他的眼神明显还是飘忽不定,内心的恐惧已经完全占据了上风。

从昨天冯威的死开始,一切都变得极不正常了。每个人内心深处其实都是十分紧张的,谁也不知道下一个受害者会不会轮到自己。所以小川的心情我能理解,昨天看到冯威的尸体后,他就已经失控过一次。

"扶霍霖起来吧,外面太冷,一直待在这里也不是办法。"赵老先生向我和小川吩咐道。他叹了口气,拄着拐,颤悠悠地转身往门口走了过去。

我看着赵老先生离去的背影,在雪地中显得越来越小,甚至一阵风都能把他刮倒。即使乐观如他,面对现在的情况,想必心里也十分难受吧。

回去后,小媛还坐在沙发上发呆,她刚刚已经知道这个噩耗了。只是担心她作为一个女生受不了,我们才没让她一起出去。小媛今天穿了一件红色外套，可现在这朵红色玫瑰完全失去了神采。老严走过去拍了拍她的肩膀，让她准备咖啡，她才缓缓站起身，往走廊的方向走去。我能很清楚地看到，小媛的眼神一直都是没有神采的，她的行动完全凭着自己的本能。

接连两人死亡，已经让小媛甚至所有人的精神都感到了极度的疲劳。我能感觉到，如果这种情况再出现一次，它就会像压死骆驼的最后一根稻草，所有人都会陷入万劫不复的境地。众人坐在沙发上，直到小媛将煮好的咖啡端过来，所有人都没说一句话。

众人只是默默接过小媛递过来的咖啡，却完全没有喝的意思，都不约而同地将咖啡杯放在了各自的手边。在将咖啡递给霍霖的时候，小媛犹豫了一下，此时的霍霖正蜷缩在沙发的一个角落，双手抱住膝盖，将头深深地埋了进去。不过他好像也注意到了小媛的举动，抬起头，用布满血丝的双眼看了小媛一眼，接过咖啡，放在面前的茶几上，然后继续将自己的头隐藏起来。

"我觉得我们应该想个办法，难道继续像这样，任那个凶手宰割吗？"小川缓缓说道。

"可是又能有什么办法呢？"我深深地叹了口气。

现实就是这样，我们完全被大雪困在这座山庄里了，只能等天气好转，积雪消融之后，才能离开这里。但上天好像在跟我们开玩笑似的，今天我们出门后，积雪明显厚了许多。这说明昨晚入夜之后，又一场大雪悄然降临。

"而且现在我们还有一个问题，你应该很清楚吧，凶手就在我们之中。"小川再次说道。

说到最后的时候，他的声音明显低沉了许多。显然，重点就是最后那句——凶手就在我们之中。既然小川已经提到这一点,我也不能完全无视,毕竟这个结论确实是大概率的。但到目前为止,关于凶手的身份,我们仍然毫无头绪。

"凶手一直在晚上犯案,这么一来基本上我们所有人都不会有不在场证明,这正是凶手希望看到的。这样我们中每个人都可能是凶手,如果我们因此而互相怀疑自乱阵脚的话,这就恰好中了凶手的陷阱了。"我把心中想的全都说了出来。

"没错,阿宇你说得很好。"赵老先生这时也点头同意道,"现在我们已经基本能确定那个凶手的意图了。我们每个人既可能是凶手,但也可能是潜在的下一个受害者。所以越是这种时候,越不能自乱阵脚,给凶手以可乘之机。"

赵柱国的想法和我基本一样,我们现在唯一能做的,就是尽早找出这个凶手,主动出击,才是对自己最好的保护。

"赵老先生,我有一个疑问,刚刚你说现在已经基本能够确定凶手的意图,是指迄今为止的两起谋杀,都和十年前的那起事件有关吗?"小川问道。

赵柱国点了点头。

这时小川继续说道:"但是这次死的人是霍雨薇,如果凶手真的是想替十年前的黎姐报仇的话,怎么也不会轮到她啊⋯⋯"

小川的这段话直接提醒了我,难怪在我见到霍雨薇的尸体时,脑子里总有一种挥之不去的不协调感,现在总算得到了解释。没错,霍雨薇应该是十年前那起事件中嫌疑最小的那个,也是她,一直不相信黎雨是自杀的,一直想努力找出那个凶手,总不能说她就是那个凶手吧⋯⋯这完全说不通。

"除非,她一直都是装的。"小川突然说出了这句话。

我赶紧用手肘戳了他一下,让他注意一下现在的场合。被我这么一戳之后,小川才发现自己说错了话,但一切已经晚了,霍霖疯了似的扑了过来。

等我们反应过来,霍霖的拳头已经落在了小川脸上,小川痛得冷哼一声,被按在沙发上向后倒去。霍霖骑在小川身上,红着眼,嘴中喊着"不要说我姐姐",准备继续将拳头砸下。我们好不容易拉住霍霖的胳膊,这才避免了小川另一边脸遭受同样的命运,之后又花了好大一番力气,才将霍霖从小川身上拉开。

"凶手!你们都是凶手!还我姐姐,还我姐姐!"霍霖不管不顾地放声吼道,之后又喊叫了一些听不清的话语。

我们能感受到霍霖内心的极度悲痛。然而我们却毫无办法,只能看着疯狂吼叫的霍霖,渐渐平息他的怒火。

小川露出龇牙咧嘴疼痛不已的表情,用右手揉着已经青肿的右脸。但他心里清楚,这也怪不得别人,毕竟刚刚确实是自己言语上有些冲动了。刚刚的这一幕也让站在一旁的小媛惊得尖叫起来,事情平息后,她很快就从厨房拿来冰敷袋,但从她惊魂未定的表情看,显然她刚刚被吓得不轻。

这时,在我们的劝说下,老严已经拉着霍霖离开了这里。但经过刚刚的这场风波,现场的气氛早已变了。小川坐在那里用冰袋捂着嘴,一副怨天尤人的样子;赵老先生眯着双眼,不知道在想着什么;我和小媛则坐在一旁,双目对视,一时也不知道该说些什么。

许久,赵老先生才开口道:"死因,你们知道了吗?"

赵老先生的这句话突然提醒了我,昨天冯威死的时候,由于我们不能接近尸体,所以尸体的死因和死亡时间我们都不清楚。刚刚虽然接触到了霍雨薇的尸体,但由于事发突然,我没来得及仔细检查尸体。不过凭借记忆中的印象,霍雨薇的身体上好像没有任何伤痕，这么说的话……

"毒杀的可能性比较大。"我大胆猜测道。

"毒杀……"赵老先生听到这句话后愣了一下，摇了摇头，又闭上了双眼。

"这么说，凶手仅仅用毒，就能神不知鬼不觉地杀害我们所有人了？"小川这时捂着肿胀的脸颊说道，"而且如果是毒的话……"

说到这里，他的目光不知不觉瞥向了坐在一旁的小媛。我只是看了他一眼，便知道他心里的想法了，于是开口说道："虽然这几天一直是小媛替我们准备食物，但仅凭这个就怀疑她的话，也未免太唐突了。厨房谁都可以接近，要下毒的话，我们每个人都有机会。而且，只有霍雨薇一个人中毒了，还是在昨晚，这至少说明凶手不是在我们每天的餐食中下毒的。小媛的嫌疑自然可以排除。"

"可是……"小川还想说什么，但这时赵老先生突然睁开眼睛，看了他一眼。小川闭上了嘴，没有再说话。

就这样在沉默中度过了一段时间，我再次说道："还有一点，不知道你们注意到了没有。和昨天冯威的情况一样，刚刚霍雨薇的身边，也是一点脚印都没有。"

在听到我的这句话后，赵老先生向我这里看了一眼，不过他并没有说什么。反倒是小川的反应有些大，"这么说，又是一个雪地密室？"

也许是嘴巴动作太大，牵扯到受伤的肌肉，小川话一说完就痛得再次龇牙咧嘴起来。

"昨晚又下了雪，所以凶手如果在雪停之前到过月潭，他的足迹也会被雪覆盖。但问题是，如果这样的话，那么死者霍雨薇的身上也应该有积雪才对。她在雪停之前就被凶手放在那里，之后继续落下的雪连脚印都能覆盖，死者身上必然会有积雪。所以，凶手雪停之前进入月潭就不可能了。"

"所以，不还是个雪地密室吗……"小川捂着嘴嗫嚅道。也许是因为刚才的教训，这次他嘴的动作幅度很小，因此话出口后连音调都变得有些奇怪。

我无奈地点点头，不过心里却一点头绪都没有。要是默思在这里就好了，我下意识地想。可自从昨天推理失败之后，他就把自己关在了房间里，连饭都不吃，恐怕现在他连发生了第二起案件都不知晓吧。我决定待会无论如何也要把陈默思敲醒，即使会面临他那极尽尖酸刻薄的嘲讽，我也绝不退缩。

细想一下，这起雪地密室和昨天冯威的那个有很大的不同。冯威是死在了日馆中央的雪地上，按照我们昨天的设想，至少还有周围的高墙可以倚靠，如果不是最后玻璃板的数量不够的话，陈默思的那个解答就已经接近完美了。但这次霍雨薇的死则完全不同，她是死在月潭边，周围没有任何可以倚靠的东西，也没有任何的脚印。这是一个完美的密室。

"凶手难道会飞不成？"小媛喃喃道。

看着小媛这一脸认真的模样，我不觉笑了出来。不过这个凶手就算不会飞，也一定是有什么过人之处，而这一点，我们至今未能察觉。

"而且，凶手为什么要这么做，接连制造两个密室？"我把心中的想法说了出来，"一般而言，制造密室的目的是伪装成自杀。但这两起事件我们在一开始就定义成了谋杀，凶手如果真的是要伪装自杀的话，他的这种做法根本毫无意义。难道是说，他在炫耀？"

我心中不禁惊出了一身冷汗。

"仪式感。"赵老先生突然说道,"阿宇,你没发现吗?这两起事件有一种强烈的仪式感。"

"仪式感?"我问道。

"第一起案件发生在日馆,第二起事件发生在月潭,至于第三起——我说如果还有第三起案件的话……"

"星柱!"我叫了出来。如果说还有第三起案件,那就肯定在星柱那里了!

赵柱国颇为平静地点了点头,接着说道:"凶手接连犯下两起看似不可能的犯罪,就是为了复仇。十年前,小黎死在了自己的房间,因为房间被反锁,所以任何人在没有钥匙的情况下都不可能进出。最终小黎的死被判定为自杀,很大程度上也是因为这个。这次的凶手,接连制造了两个密室,我想,他的目的就是想向那个隐藏的幕后真凶挑战。这是凶手的挑衅。"

"十年前的凶手到底是谁?!"已经平复了一点的小川再次发问道。

可我们都没有回答,这是一个目前谁也没有答案的问题。

"我的意思是,如果你们中谁是害死黎姐的那个家伙,就他妈给我站出来!没有是吧?好,那就等着凶手把我们一个个杀光,你也跑不了!懦夫!"小川最后又愤愤地加了这么一句,然后躺倒在沙发上,不再言语了。

赵柱国又说道:"刚刚小川的话倒也提醒了我一点,凶手这么疯狂地杀人,其实有一个目的,就是为了逼他想找的人出来——如果那人还有一点良知的话。不过……"

虽然赵柱国的话没说完,但我们已经理解他的意思了。只要那个人没有出来,凶手就会继续犯罪。

"所以，凶手杀害霍雨薇的原因也清楚了。他之所以杀了霍雨薇，并不是怀疑她是十年前的凶手。凶手只是想杀人，只要他继续杀人，他要找的那个人自然就会出来。"我说道。

如果真是这样的话，那我们所有人就都有危险了。包括十年前来过这里的贺放的儿子小川，还有十年前没有来过这里的我和陈默思，甚至和这件事没有一点关系的老严和小媛。我看了身旁的小媛一眼，顿时担起心来。

"我想今天晚上，不，接下来的这几天我们都尽量待在一起，这样才能最大限度地保障所有人的安全。"我向大家建议道。

我说出这句话后，赵柱国和小媛都点了点头，算是同意了。只有小川，貌似有所犹豫。

"你们难道忘记了？凶手很有可能就是我们其中的一员，我们待在一起，不就是给凶手下手的机会吗？不，我不要这样，我觉得我自己一个人才是最安全的，我只相信我自己！"

小川越说越激动，他的视线扫过我们每个人，仿佛我们这里每个人都是潜在的凶手。我知道，小川已经不相信我们了，现在说什么也没用。最后小川起身离开这里，把自己锁在了房间里，不让任何人接近。

小川走后，赵柱国也摇摇头，拿起手杖，颤颤悠悠地站了起来。

"老先生您也不肯留下来吗？"

"不，我只是想换个地方坐坐，这里，有些空旷了。"

我看着空荡荡的大厅，回想起几天前刚来这里时的那个场景，众人围坐在一起，享受一顿丰盛的晚餐。可如今，只剩下我们三人而已了。

那天中午，小媛只是简单准备了一点三明治，对于没有一点胃口的我们，这样的食物是再适合不过了。我们将这些吃的东西带到咖啡间，赵老先生就一直在这里坐着休息。这里光线也很好，我找了个靠窗的位置坐下来，拿起三明治咬了一口，心里的阴霾顿时少了许多。

赵柱国手中一直拿着一本杂志，就连我们把食物递过去的时候，他的目光也没从那里挪开过。小媛煮好咖啡后，也坐在一边，默默吃着东西，我们都没有说话。

没过多久，我手中的三明治还没吃完，突然传来书页翻动的声音，原来是赵柱国把手中的杂志合上了。他揉了揉双眼，随即说道："十年前我们来到这里的时候，最喜欢的就是坐在咖啡间里，喝着咖啡，一起谈天说地。那时候我虽然在写科幻小说，可认识我的读者却也屈指可数，朋友更算不上很多。聊科幻方面能聊得起来的，也就我们那个小团体里的几人了。众人中，我和界楠的关系最好，这可能也因为我们都是作者的缘故，虽然他是个写侦探推理小说的。不过我们的共同语言很多，也聊得最开，现在想来，那几天真是令人难忘啊。"

说到这里，赵柱国突然叹了口气，"可惜的是，那件事发生后，我们这个小团体就接近分崩离析了。"

虽然赵老先生没说，但我们都很清楚那件事究竟是什么。这时他继续说道："那次之后，我们几人闭口不谈小黎的事。也是在这之后，我们相聚的次数越来越少，到最后大家都渐渐失去了联系。所以，这次听到老贺和界楠相继去世的消息，我心里也很难过，没能见他们最后一面，可能我一辈子都不会原谅自己了。"

"界楠前辈笔下有一个侦探，就叫界楠，他有一个写科幻小说的好朋友，他有好多案件都是在这个好朋友的帮助下才破案的。我想界楠前辈心里也一直把您当作那个好朋友吧。"我对赵老先生说道。

赵柱国听后很是认真地向我点了点头，过了一会儿，才继续说道："不光是我们，其实受那件事影响最大的还是老周。老周因为未婚妻的死，着实消沉了好长一段时间。那段时间，甚至传出了老周的公司发生经营困难的消息。后来老周重新出山，公司业绩变好，这样的消息才逐渐消失。我知道老周对小黎的死一直耿耿于怀，因为小黎去世的时候，老周没有在她身边。"

"周弼他当时没有在日月山庄？"这一点引起了我的注意。

"他当时来了，可刚来不久就因为公司有事而匆忙离开了。那时他的公司可能真的出了什么问题吧，十年前的那次活动老周可是前后策划了很久，可最后他这个发起人却先离开了。后来小黎意外去世，相信老周也因此迟迟不能原谅自己吧。在这之后他将日馆一层完全封闭，很大一部分原因也是因为他不能面对这个现实。他终究也没能熬到十年后的这个约定，我觉得这就是上天的安排吧。来了，也是伤心之地，何必呢？"

周弼在一周前去世，也算圆了他一个心愿，他终于能去见他心爱的小黎了。

"能和我说说十年前的那个事件吗？"虽然我知道此时提出这个请求依然有些冒昧，但为了找出答案，我还是硬着头皮问了出来。

没想到这次赵柱国没有直接拒绝我的请求，他看了我一眼，随即又把目光转向坐在一旁的小媛。"你的看法呢？"

"我？"小媛没想到赵老先生会询问自己的意见，一时有些慌乱，"其实我也想知道这件事的真相。听大家这么说，黎姐姐人这么好，我想知道究竟是谁害了她。不过你们不要在意我的看法，我本来就比较笨，所以……"

听小媛这样回答，赵柱国突然笑了起来。"好了，既然你们都这么想的，那我就说一下吧。你们都听听，看能不能找到那个凶手。"

赵柱国似乎也是放下了之前的担忧，向我们原原本本地说出了十年前的那起事件。就像我们之前了解到的那样，十年前，他们这个天文爱好者小团体，因为观测一次极为特殊的天文现象，在周弼的号召下，来到了这座日月山庄。参加的人中自然有发起者周弼和他的未婚妻黎雨，有趣的是，当时他们是以太阳系八大行星再加上冥王星的代号来互相称呼彼此的。

在赵柱国提到他们当时的房间安排时，我特地向他确认了一下，他才继续说了下去。出乎我意料的是，十年前，由于我们现在所在的二层没有完全装修好，所以他们当时都是住在这座日馆的一层。唯一的例外就是黎雨，因为一层房间不够，所以只有她住在了二层，在周弼房间的正上方。只不过由于这里上下两层的房间都有通道相连，所以黎雨只需每次通过周弼的房间进出便可。

第二天，周弼就因为公司的事情离开了这里。本来黎雨也想陪周弼一起走，不过周弼心疼她，一直说着没事没事，让她放心，然后就一个人开着车走了。要是当初周弼同意黎雨和他一起离开的话，后面也就不会发生这么多事了，想必后来周弼也因此感到深深的自责吧。

之后的几天，一切都在平静中度过。不过山中的时光实在无聊，众人大部分的时间都是在一起闲聊。这个小团体中的成员都是因为喜欢天文才聚到了一起，因此众人聊天中最常见的话题就是天文。而且就像赵柱国所说的,大家像是永远聊不完似的,往往直到深夜还不能尽兴。

去的时候,刚开始下了一场雪,之后就一直是晴天了,这也让众人放心了不少。毕竟这点对最后一天的观测影响甚大。但所有人都不会预料到,最后一天会发生那样的事。

最先感觉不对劲的就是霍雨薇,这几天她经常黏在黎雨的身边,简直成了一个贴心小迷妹。那天所有人都在准备观测仪器的时候,她发现从开始就一直找不到黎雨,等她把所有地方都找遍仍没发现黎雨踪影的时候,只剩下了一种可能——黎雨在自己的房间里。可现在已经快要到观测的时间了,一切都已经准备好,她竟然还没有出现,这本身就让人怀疑。

最后,在霍雨薇的强烈要求下,众人来到了周弼的房间门外。要进入黎雨在二层的房间,首先得经过一层周弼的房间。但自从周弼离开这里后,这里的钥匙也就交给了黎雨。众人在门外敲了很久,也没听到黎雨的回应。当时马上就要到预计的观测时间了,众人不得已之下只好撞开了房门,之后便出现了最让人不能接受的一幕。黎雨死在了自己的浴室里,死因是溺死。

现场是个完全封闭的环境,唯一的入口就是一楼正下方与周弼房间连接的那个通道,但要经过那个通道首先也得进入周弼房间。而周弼房间唯一的一把钥匙就在黎雨身上,准确地说是在她上衣的口袋里,当时她的上衣就放在浴室入口处。黎雨的尸体位于浴缸中,浑身赤裸,姿态正常,身上没有任何搏斗的痕迹。后来的检查显示黎雨体内含有大量的安眠药,但未达到致死的程度。安眠药被溶解于水中,不过有安眠药残留的水杯却在周弼的房中被发现,上面有很多周弼的指纹。

最后警方的判定是自杀,最主要的依据就是现场处于密室状态，当时任何人都不能进出——除了死者自己。黎雨当时应该是先服用了安眠药，用的杯子是周弼曾经使用过的，为什么这么选我们不得而知。不过可以确定的是，在这之后，黎雨将浴缸的水放满，自己脱光衣服躺进去。再之后，安眠药效果发作，黎雨昏倒，身体向下滑入水中，最后的结果是溺毙。

听赵柱国说完，我也没发现很大的疑点，只是对黎雨的自杀方式有些疑问。

"黎雨当时是先服用了安眠药，然后在入浴的过程中溺毙的，先不说她为什么要采用这么复杂的方法自杀，你们不觉得这看起来更像是意外吗？"

听了我的疑问后，赵柱国回应道："没错，你的怀疑很有道理。我后来也查了很多关于自杀的资料，选择这种自杀方式的确实是少数。因为自杀是很需要勇气的，稍微有些犹豫就做不成，这也是出现很多自杀失败案例的原因。而先服用安眠药，待安眠药药效发作，再将自己溺死，这期间仍需要较长的一段时间。万一自杀者在这期间改变心意，自杀就很容易失败，这也是很少有人选择这种自杀方式的原因之一。或者说，大部分选择这种自杀方式的人，最终都活了下来。"

赵柱国停顿了一下，接着说道："还有你刚刚提到的意外的可能性，也不是没有。但我想这种可能性还是很小的，因为没有人会在服用安眠药后沐浴，只要是一个正常人，都应该了解这么做的风险。阿宇你刚刚说的这些都很对，不过我想警方当时也应该都想到了，但他们后来之所以将这起事件判定为自杀，还是因为现场的那个密室。"

对，现场是个密室，如果不能先解决这个，谈论什么谋杀的可能性都无异于痴人说梦了。

"安眠药，对了，安眠药的来源你们查了吗？"

"查了，是霍雨薇的。当时那几天霍雨薇失眠很严重，于是便向黎雨要了一些安眠药。后来案件发生之后，霍雨薇声称自己那里的安眠药少了许多，而且她一向有外出忘记锁门的毛病，所以她认为肯定是谁到她这里偷拿了，而这个人就是凶手。"

"既然这样的话，找出是谁偷拿的，不就行了吗？"

"你说得倒是轻松，可馆内又没有监控，要找出是谁偷拿的谈何容易。警方最后还不是把案件定义为自杀了。其实最关键的还是这个密室，不解决它说什么都没用。最后警方认为霍雨薇是故意说自己的安眠药被偷了，以此让众人相信黎雨是被人谋杀的。不过以霍雨薇一直盲目坚信黎雨不会自杀的样子推断，警方的这个猜测倒也不无道理。"

既然这样，那也没办法了。

"界楠前辈当时什么看法？"我很想知道这一点，因为界楠前辈当时就是一个很出名的推理小说家，而且他又是当事人之一，他的观点很有分量。

赵柱国喝了一口咖啡，接着说道："没有什么看法——当然，我很想这样说，但这就不是事实了。当时，在案件发生后，警察到来前，一直都是界楠在协调安排的。对于这个密室，他自然也有自己的看法。其实现场准确地说，并不是只有通往周弼房间的这一个出入口，应该还有一个出入口，一直被大家忽视了。这个出入口就是黎雨房间本来的那个房门，只不过由于二楼仍未完成装修，这道门也一直是封闭的状态，要不然黎雨也不会需要通过周弼的房间才能进出了。界楠当时就猜测，如果能想到什么办法打开位于二楼黎雨房间的那道门的话，密室自然就瓦解了。"

"后来怎么……"

面对我的急问,赵柱国笑了笑。"很可惜,不光是我们,警察也试了很久,这道门当时被从外面完全封死了,不管用什么办法都打不开。还有一点就是,就算你打开了这道门,可当时的二层除了黎雨的房间,其他地方都没有装修好,甚至连通往一层的通道都被封死了。所以这个观点后来也被界楠放弃了。"

"难道真的没有任何可能了吗……"我不禁唉声叹气道。

"没事,都十年了,除了我们这几个老家伙,还有谁能记得这件事?"赵柱国倒是很能看得开,不过他最后还是补充了一句,"除了那个凶手,他已经接连犯下两起罪行了,我想他才是那个对十年前的这件事最念念不忘的人。而且,在他眼里,小黎就是被谋杀的。"

我很能理解凶手的心情,但绝对不认同他采取这种极端手段的方式。

"我还有一个疑问,赵老先生。"

"什么问题?"

"黎雨,她留下了遗书吗?"

赵柱国摇了摇头。

果然,如果黎雨真是自杀的话,很大可能是会留下遗书的。当时没发现遗书的话,那黎雨自杀的可能性就又小上一分了。

如果陈默思在这里的话就好了,我很想听听他的意见。可现在这种关键时候他却耍性子把自己关在了房间里,我也不知道该说什么才好。看来真的是时候去找一下他了。

向赵老先生告辞后,我和小媛一起来到陈默思的房门前,我想把刚刚得到的信息都告诉他,看看他有没有新的发现。可很快我便失望了,因为默思这家伙还是不愿意开门,我在门外喊了很长时间，他也没有回话。直到我喊出已经出现第二名受害者之后，房门才砰的一声被打开了。不过里面的防盗链并没有卸下来，透过门缝我能见到陈默思那一头乱糟糟的头发，房间里没开灯，我看不清他的表情。

"有什么话，站在这里说吧！"房门后传来陈默思阴恻恻的声音，我感到一阵不舒服。

我本想让他卸下防盗链，我们出来好好说。可看到他这个样子，我还是放弃了这个想法。之后我就站在门外，将上午霍雨薇的死还有刚刚赵柱国口中黎雨的死，全都分毫不差地讲了出来。我站在那里讲了好长时间，好不容易将所有的事情都讲完，之后我停了下来，房门后的陈默思也没有说话。我以为他应该在思考，等他考虑好之后说不定会说些什么。但现实却沉重地打击了我，这样的安静持续了不到三十秒，砰的一声，房门突然又被关上了。最终，陈默思也没有再说出一句话。

我看着身旁的小媛，无奈地苦笑了一声。

之后我们又回到了咖啡间，发现老严也在这里，和赵柱国聊着什么。现在我们这里，恐怕他们这两个老人家心态是最好的了吧。之后的整个下午，我和小媛都在无聊地翻看着这里本来就有的一些天文学杂志。而且这些都是最近刊出的，应该也是老严他们精心准备的。

晚餐时，陈默思又出现在了餐厅中，除了那一头标志性的乱糟糟的头发外，他双眼的黑眼圈特别重，看来一直没有得到很好的休息。其间我们也一直没说话，陈默思只是拿了小媛准备好的食物，之后就又回到房间把自己锁起来。看来他出来完全是因为腹中饥饿的缘故，毕竟他已经一天多没吃东西了。

除了陈默思，我们并没有看到小川与霍霖的踪影，他们似乎打算一直将自己关在房间里。吃完晚餐后,按照我的建议,赵柱国、老严还有我和小媛四人就一直待在客厅,赵柱国和老严一组,我和小媛一组,两组轮流换班。一夜过后,大家平安无事。

但当我们来到小川房门那里后,却发现门是打开的,里面没有小川的身影。再之后,我们在星柱那里发现了小川的尸体。

时间的灰烬 5

第二天醒来后,身体果然感觉好了很多,完全没有了这几天以来的无力感,脑子也很清楚。来到大厅后,大家已经都在了,正在讨论日食的问题。这时我才想起来,明天就是观测的日子了。

众人中我看见了维纳斯,她今天看起来气色很好,看来经过一天的休息,她已经恢复得很好了。我正犹豫着,要不要再好好感谢一番。这时一道人影从我面前闪过,随即脚尖突然传来一阵痛感,我差点儿叫出声来。定睛一看,才发现刚刚走过的是涅普顿,她正端着餐盘,向餐桌上已经落座的众人发放着餐食。她肯定是故意踩到我的,只不过不知道她是仍在生着昨天的闷气,还是只想跟我开个玩笑。她刚刚踩下去的力度,可完全不像是开玩笑的样子。

萨杜恩见我痛得挤眉弄眼的样子,以为我发烧还没好,便走过来关心了我几句。我只能敷衍了几下,把刚刚的苦果吞进了肚子里。此时维纳斯正和墨丘利交谈着什么,我走近一听,他们好像刚刚谈到了观测日食的一些技巧和注意事项。毕竟直接观测太阳还是有一定危险性的,稍有不慎就会对视网膜造成永久性的伤害。

见我走了过来，两人才停止交谈，维纳斯首先向我打了个招呼。我赶紧回礼，并为昨天的事再次向她道谢。与往常成熟打扮不一样的是，今天维纳斯穿了一件牛角扣红色外套，下半身搭配蓝色的牛仔裤，整体看起来显得更加青春靓丽一些。我只是看了一眼，心里都不免有些异样的感觉了。

不过维纳斯对待我也和平时一样，并没有因为前天晚上给予我的特殊照顾而显得优待几分，之后我就加入了她与墨丘利的谈话。早餐开始后，我们这个三人谈话的圈子很快就扩散到全席了。

之后大家一边吃着早餐，一边聊着各种关于日食的知识。众人中看起来最为兴奋的当数墨丘利，他一直说个不停，激昂的演说让其他人都不由自主地停了下来，看他一个人表演。墨丘利看来是早有准备，关于日食，古今中外的记载他都有所了解。

在世界各民族的日食传说中，当太阳突然消失，天地陷入黑暗，人们普遍认为是妖精作怪或神灵发怒。比如我国古代就认为是天狗吞食了太阳和月亮，人们通过敲锣打鼓去恐吓它，让它吐出所吞食的东西。印度神话中，人们把太阳的突然消失归咎于一个叫作"拉胡"的魔鬼，认为是它把太阳咬了一口，造成日食。古埃及的太阳教徒相信，存在着一条食日的蟒蛇，而另外一些埃及传说认为，日食的发生是因为一只想在天庭称霸的秃鹰企图夺走太阳神的光芒。在美洲大陆，墨西哥的印第安人每次见到日食，女人都会歇斯底里地惊叫，因为她们认为这是魔鬼即将降临凡间吃掉人类的信号。美国的奥古佈瓦印第安人在日食发生时，会向天空射出带着火焰的箭，意图"再度点燃太阳"。

有记载的最早的日食，出现在我国夏朝仲康时期，据《尚书·胤征》记载，这一年"乃季秋月朔，辰弗集于房，瞽奏鼓，啬夫驰，庶人走"，说这一年九月的朔日，日月会于房星附近发生日食，乐官慌乱地敲起鼓来，主币的官员急匆匆驾车取币以礼天神，老百姓乱作一团，奔走相告以救日。但这次日食发生过程中"羲和湎淫，废时乱日，胤往征之"，主管天地四时之官羲氏与和氏背离值守，在私邑嗜酒荒乱，未能准确预报日食的发生，从导致了如此混乱不堪的局面。胤侯接受王命，去征伐羲和，最后的结果是羲氏与和氏均被处以死刑。

中国古代十分重视对日食的观测与预报，并且很早就设有专门的官员来管理相关事宜。最早的时候，限于认识水平低下，还不能准确预报日食，因此很多天文官都因此丢了性命。后来这种严苛的条令就越来越宽松了，司天之官也逐渐发现了各种天象的规律。如后来东汉张衡、元代郭守敬等人均是皇帝亲命的专事天象的高级官员，他们为我国古代天文学的发展做出了极大的贡献。

许多年来，日食、月食和彗星都被人当作不可避免的灾祸的预兆，甚至神明的警示。古希腊史学家希罗多德曾记载了这样一个故事，当时的小亚细亚半岛上有两个小国吕底亚和米底亚，由于部落纷争，互相攻伐，五年都未分胜负。在第六年的某次战斗中，忽然天昏地暗，黑夜骤然降临。两国的战士都以为是神明示警，于是立即抛下武器停止战争。这次日食，竟出乎意料地消除了一场战争。据后来的天文学家计算，那次的日食应该发生在公元前五八五年五月二十八日午后。

关于月食，也有一则有趣的故事。据说哥伦布刚刚到达如今的牙买加岛时，被当地的加勒比人敌视，而当时的加勒比人人多势众，要将他和他的随从饿死。哥伦布想了一个办法，由于当时即将发生月食,哥伦布便宣言如果加勒比人不给他们食物,他那夜就不给他们月光。后来果真发生了月食,月食刚一开始,加勒比人便投降了,他们以为哥伦布是上天派下的神灵。这次的月食发生在一五〇四年五月一日,当时有很多天文学家都预测到了。

现在我们都知道日食的发生是因为月球位于日地之间,挡住了太阳投射向地球的光线;而月食则是因为地球位于日月之间,挡住了太阳投射向月球的光线。但要认识到这一点,却不是那么容易的,在我国古代尤为突出。

由于我国古代天文学的认识中,关于天地结构的理论一直存有重大缺陷,这也影响了其他方面的论说,比如日食与月食的理论。汉代之前,人们的认知水平有限,往往将各种天文异象归结为具体的物象,除了天狗食日食月的传说,甚至还有蟾蜍、麒麟、龙的出现。后期,则以阴阳之说盛行。早在战国时,贤者甘德指出:"日,阳精之明耀瑰宝,其气布德而至,生本地曰德,德者生之类也。德伤则亡,故曰食。"阴阳说将日月食与主政者的德行联系了起来,德伤则阴阳衰,阴阳衰则日月食。

不过关于日食成因的正确理解也从很早就有了端倪,西汉刘向在《论九道》中提道:"月者阴精……交出黄道之上,与日相掩则食焉。"这种月掩日则食的说法起初并不被看好,但在后期则完全超越了阴阳说成为主流。

而关于月食的理论则确实经历了一番波折。东汉张衡在其《灵宪》中提出:"(月)当日之冲,光常不合者,蔽于地也,是谓暗虚。在星星微,月过则食。"张衡认为,日光被地体遮掩而形成暗虚,当月亮正好运行至暗虚时则发生月食。这一说法已经很符合现代科学理论,但《灵宪》的天地观中一直认为"众星被耀，因水转光"，月亮所得的月光必须经过水的作用，这也是我国古代很多学者天地结构理解有误的一大体现。

梁代的萧子显则提出了另一种看法，他认为："日有暗气，天有虚道，常与日冲相对，月行在虚道中，则为气所弇，故月为食也。"与张衡认为地体产生暗虚的说法不同，这里提出了日体本身就有暗气的说法，当月亮行经暗气所形成的暗虚时，便发生日食。这种说法给本就脆弱的科学月食理论雪上加霜，之后很长一段时间我国古代天文学者都陷于地体暗虚和日体暗虚两种学说之间的争论，忽视了对天地结构本质的探讨。直到明清时期，西方的宇宙学说传入，这一谬误才逐渐得到了纠正。

西方其实很早就认识到了日食和月食的成因，比如亚里士多德就通过观察月食阴影的形状，判断出地球是个球体。在托勒密的地心说理论中，地球位于宇宙的中心，往外依次是月球天、水星天、金星天、太阳天、火星天、木星天、土星天以及恒星天，众多天体围绕着地球以不同的速度运转。这样的理论也确实能解释日食和月食的成因，但要做到对日食和月食的准确预测，显然是不够的。

在很早之前，古巴比伦人就通过对日食和月食的观察，发现了一个规律，一次食之后再发生完全一样的食中间需要经过十八年十一天多一点，这个周期被称为"沙罗周期"。我们知道，在月食的时候，月亮必须处于与太阳相冲的位置，经过一个周期之后，可以回到同样的位置。但我们也知道，并不是月亮逢冲即食，它还必须在黄道上，也就是日月轨道的交点。月亮回到交点的周期，叫作交点周期，是二十七点二一天；连续两次相冲的时间，叫作会合周期，是二十九点五三天。要实现食的完全重复，这个沙罗周期必然是这两个周期的整数倍，也就是六千五百八十五点三二天，即十八年零十一天八小时。经过这个周期，月亮会再次相冲并同时回到黄道轨道上了。而且，由于地球和月球轨道都不是一个完美的圆形，太阳、月亮离地球的距离是不断变动的，会发生日食有时是全食、有时是环食的现象。

而在早期的地心说中，月球和太阳都以一个完美的圆形轨道围绕着地球运转，很难完整地解释这一现象。所以后期的地心说中又添加了偏心轮的概念——地球在天体圆轨道中心的一旁。为了解释行星的逆行现象，又添加了本轮和均轮的概念，行星沿本轮做圆周运动，本轮的中心又在另一均轮圆周上以地球为中心运行。随着天文学家对天体运行观测的增加，为了使得理论与观测结果相符，这样的本轮和均轮有时甚至会增加到几十个。显然地心说已经满足不了天文学发展的需要，但在当时教会的强力维护下，地心学说在整个欧洲维持了一千多年。

随着哥白尼日心说的逐渐确立，开普勒三大定律的发现，牛顿力学体系的建立，再加上新型天文望远镜的出现，短短几百年的时间，天文学得到了日新月异的发展。而到现在，预测月食和日食发生的准确时间，已经完全不是难事了。

墨丘利说了这么一长串，虽然里面很多都是基础知识，但也有很多有趣的故事，总的来说效果不错。尤其是对于接触天文不久的涅普顿和普鲁托来说，他们应该学到了很多。墨丘利话音刚落，小普鲁托就高兴地从椅子上跳起来，然后绕着餐桌跑起来了，嘴里还念念有词道："我是月亮，你是地球，你是太阳，我挡住你啦！"普鲁托一把抱住了涅普顿，惹得众人连连生笑。

之后整个下午，我们所有人都把各自携带的小型天文望远镜拿出来，进行了一番调试，毕竟明天就要进行观测了。我们来了这么多天，就是为了这最后的一次机会。而上天貌似也把这个机会给了我们，虽然昨晚好像又下了雪，但今天天气晴好，估计明天应该也不会很差。

不过我在调试的时候，看到维纳斯好像神态有些异样，便走过去和她聊了起来。维纳斯刚开始还有些支支吾吾的，不过在我言语的接连攻势下，她最后还是说了出来。原来她是有些想念朱庇特了，这么一想，朱庇特离开这里也确实有好几天了。这里不光没有电话线路，甚至连手机信号都没有，我们几乎与外界失联了。

我虽然嘴里安慰着她，但看着眼里透着忧伤的维纳斯，我却莫名产生了嫉妒的心理。朱庇特他真是太完美了，他什么都能得到，甚至能像这样完全俘获了维纳斯的心。我有些不甘，但心里也十分清楚，维纳斯是不会喜欢我的，她照顾我也只是完全出于朋友间的关爱，除此之外如果还有什么的话，可能就是维纳斯那对任何卑微事物都会表现出来的怜悯之心吧。

我突然有些可怜起自己来。

日月星杀人事件 6

眼看着凶手将人杀死,我们却毫无办法。这是最为让人接受不了的事情。

可这就是现实。看着躺在眼前的浑身冰凉的小川,我的拳头用力捶在了星柱上,腐朽的木块发出了不堪的嗡嗡声,带下顶端的积雪飘洒在了半空中。这铁链围起的五根星柱,像一个邪恶的魔法阵,牢牢囚住了误入其中的生灵。我想起了第一次看见小川的场景,想起了清脆的台球的碰撞声,想起了那醇厚的咖啡香,可这些都不会再见到了,记忆中的主人公此时已经死了。

有那么一瞬间,我疯狂地想找出那个凶手,想狠狠地质问他,然后在他的脸上重重捶下去。

"你凭什么这么做?凭什么!"我向着前方根本不存在的凶手喊了过去,可回应我的只有漫山遍野刮过的呼呼风声。

一个回应也没有。

我迈着沉重的脚步,直接跪倒在了雪地上。

"阿宇,你不要这样……我不要你这样……"耳边传来小媛沙哑的声音,我回过头,小媛竟然哭了。

她一下子抱在了我的身上,那一瞬间,一股温暖贯穿全身。

"小媛……"我本想说些什么,却发现小媛抱得更紧了。

就这样,过了许久,才传来一声咳嗽,将这沉默的气氛打破。

"你们小两口,这亲热也亲热够了吧?来吧,有正事要做。"赵老先生无奈地看着我们,然后又拄着拐转身离开了。

赵老先生话音刚落,我就感觉到了刚刚抱紧我的手臂一松,随即那种紧贴的温暖也消失了。小媛突然站起来,看也没看我,然后跑掉了。看着小媛奔跑的背影,我不禁有一丝失落。

摸着小媛在我胸口留下的余温,我也站了起来,往回走去。

"这个小兔崽子,又放我鸽子?"刚一进门,就听见赵柱国愤愤的责骂声。

小媛坐在一旁,见我进来,她只是看了一眼,便迅速挪开了目光。

"啊,我去准备咖啡。"小媛像是有些躲避我的意思,很快就站起来离开了这里。

面对这样的小媛,我也是毫无办法,只得将目光投向现场留下的唯一一人。

"所以说,正事呢?"我向赵柱国质问道。

"这不主人公又不见了嘛,等等吧!"赵柱国将手杖放下,直接坐在了沙发上,脸上明显还有一丝愠色。

"谁?"我仔细想了想,现在这里剩下的没有露面的就只有霍霖与陈默思了。

"就是你的那位默思咯,还能有谁?刚刚你们一跑出去,我腿脚不好,走得慢,就看到他从走廊里走了过来。"

"然后呢?"

"然后他就说有正事，让我把你们喊回来。"

"这就是你说的正事？"面对这样的赵柱国，我简直无语了，"然后呢？"

"然后？没有然后了啊，我已经把你们叫回来了。这个兔崽子，我这一大把年纪，还让我跑一趟，一点都不懂尊老爱幼。哎哟，我这把老身子骨……"

说着说着赵老先生又开始絮叨了，我根本没心思听，直接把这些话过滤掉了。所以直到最后，甚至连他自己都不知道这个所谓正事是什么。

"那现在默思在哪儿？"

"我也想知道啊，这个小兔崽子，这一眨眼的工夫就不见了！"

没办法，只能等他再次出现了。过了一会儿，小嫒端着咖啡回来了，我看了一眼，总共是四人份的。小嫒虽然不知道陈默思的事，但现在看来刚刚她也应该察觉了什么。

接过咖啡，赵柱国毫不客气地喝了一口，然后说道："小川也真是的，非要自己一个人，要是和我们待在一起，不就没事了吗？"

赵柱国的这句话又揭开了我身上的伤疤，心里突然有些难受。

"我说的话你们听起来可能不好受，但我这人说话心直口快没办法。虽然我年纪这么大了，也不那么在乎能活多久，但能活久点，总没有坏处是不是？小川这个孩子，唉……"

我没有继续听赵柱国后面的那些话，只是问道："昨晚我们轮流守夜的时候，有什么异常吗？"

"你说守夜？我想想，应该没什么异常吧……不过总是醒醒睡睡的，没睡好。"

"你和老严,有谁单独离开过吗?"我问道。

"离开?只有上厕所的时候……等等,你是怀疑我们吗?"赵柱国瞪大双眼看着我。

"也算是吧,不过和你们一样,我和小媛也有嫌疑。"我顿了顿,接着说道,"这么说吧,我们四人昨晚待在一起,所以我们的嫌疑是一样大的。现在先讨论一下我们作案的嫌疑。你刚刚的意思是,除了上厕所的时间,其他时间都没人离开吗?"

赵柱国点点头。老严刚刚身体突然不适,已经回房休息,现在也只能信赵柱国的了。

"那我们也一样,我和小媛也都分别上了一次厕所,但时间很短,不超过五分钟。如果你们的情况也一样的话,我们的嫌疑就都可以排除了。"

"哦?怎么说?"

"你也知道,小川的尸体在星柱那里被发现。即使小川也是被凶手事先准备好的毒给毒死的,但想想的话,短短五分钟的时间,是根本不够凶手把他的尸体带到星柱那里的。"

"你的意思是,凶手是当晚没有和我们在一起的?"

"也不是这个意思,只能说,其他人的嫌疑更大一些罢了。"我想了想,继续说道,"除了我们和被害的小川,当晚单独一人的,还有两个人——霍霖和陈默思。霍霖今天早上我们也去看了,他还是把自己锁在房间里,我们敲门的时候他甚至还怒吼着把我们赶走。陈默思的话,待会儿看他怎么说吧。"

我也在想,默思这家伙是不是有了什么发现,刚刚才把我们都叫了回来。

"不过现在都发生三起案件了,凶手也算是凑齐了日月星三种元素,他的仪式终于完成了。"赵柱国喃喃道。

赵柱国的这句话倒是提醒了我，凶手如果真是按照日月星的顺序制造了这三起杀人事件的话，现在三人已死，难道他的仪式真的完成了吗？还会有人遇害吗……这是我心中的疑问。

"赵老先生，我还有一个疑问，不过应该有些冒昧……"

"你说吧。"赵柱国很直接地应道。

我想了想，也决定直接说出来比较好。"这次我们来到日月山庄的九个人，除了管家老严和小媛，还有临时赶来的我和陈默思，其他人或多或少都参与了十年前那次同样在这个山庄举行的活动。而现在，冯威死了，霍雨薇死了，小川死了，剩下的只有……"

"剩下的只有我和霍霖是不是？"赵柱国突然笑了起来，"你说得很对，他们都死了，只有我和霍霖活着，为什么凶手不杀我们呢，因为我们其中一个就是凶手。你是想这么说的吧？"

我没有回应，但此时的沉默已代表了我的态度。

"你肯定是这么想的，霍霖再怎么说也不可能杀害他自己的亲姐姐，这么说，凶手最大可能就是我了。你不要假装否认，我们就敞开天窗说亮话吧。"赵柱国端起咖啡喝了一口，然后放了下来，"凶手不杀霍霖的原因很明显，因为他和十年前的那件事本来就没什么关系。而我也有一种解释，可以解释这次我为什么没有被杀。"

我没有说话，只是默默听着赵柱国的发言。

"其实十年前的那起案件，如果小黎真的是被谋杀的话，那我应该是最没有嫌疑的那个人。案件发生的时候，只有我一个人有不在场证明。"

赵柱国最后的这句话直接像晴天霹雳一般击中了我，他竟然有不在场证明……

赵柱国继续说:"那天事情发生之前,我们吃过早餐后就开始准备观测了。很巧的是,虽然我们大部分时间都待在一起,但几乎所有人都有单独离开的时候,所以后来小黎死了,他们所有人都没有不在场证明。只有我,机缘巧合之下,没有那种单独一人的时候。也就是说,我有所谓不在场证明。所以,如果说小黎真是被谋杀的话,只有我最不可能下手了。这次之所以凶手一直没有对我出手,恐怕也是因为这一点吧。"

赵柱国的这些话提供了一些新的信息,但很显然,他并没有能洗刷自己这次的嫌疑。他仍然有可能是那个接连杀害三人的凶手。

我看了一眼小媛,她从刚刚开始就一直坐在那里听我们说话,我想听听她的意见,便向她问了一句。

"我啊……我倒是没什么想法,只是觉得,这个凶手真的是太残忍了……他如果真的想替黎姐报仇的话,为什么不找出害黎姐的凶手,反而伤害了这么多无辜性命……还有就是那个害死黎姐的真凶,也一直藏着不出来……"

小媛说得没错,现在的情况其实是他们两个凶手之间的对决,而最终受到伤害的,却是我们这些无辜的人。对藏在我们之中的这两个凶手,我心里不禁有了一股无名之火。

"好了,我们来谈谈小川的死吧。"赵柱国这时突然说道,"如果我刚才没看错的话,他的死应该也是一起雪地密室吧?"

面对赵柱国的询问,我只能点了点头。小川的死确实也是一起雪地密室,在我们奔跑到星柱那里的时候,一路上没有看到一丝脚印的痕迹。也就是说,小川的尸体是凭空出现在那里的。

"有没有可能是抛过去的?"赵柱国突然提道,"这只是我突然想到的哈,就是随便这么一说,别见怪。我的想法是,月潭和星柱距离日馆说近不近,但说远其实也不远,也就二三十米的距离。而且第一起案件中,冯威死在了日馆中央的空地上,距离周围建筑足有二十米。如果凶手采用什么办法,站在日馆上,将死者的尸体抛出二十多米远的话,三起案件就都可以得到解决了。"

我想了想,赵柱国的这个想法倒也不无道理,只是……能把人抛二十多米远的方法,现实中究竟存不存在呢?

"算了,就当我随便说说吧,你们也不要太当真!"赵柱国笑着说道。

之后,我们又陷入了一段时间的沉默。

"那个……我有一个想法。算了,我还是不说吧,这个想法太蠢了……"小媛话说到一半,突然又支支吾吾了起来。

"说吧小媛。"我鼓励了一下。

听到我的鼓励后,小媛犹豫了一下,最终还是决定说了出来:"我的想法是关于最后这个星柱的。"

听了小媛接下来的解释后,我才大概了解了她的想法。原来小媛是想到了星柱本身,星柱是由五根高约三米的圆木和穿梭其中的铁链组成,五根圆木围成了一个正五边形,固定在圆木两端的铁链则组成了一个五角星。而小川的尸体,正位于这五角星的中央。小媛的想法就是,人死后会发生尸僵现象,尸体会逐渐变得僵硬起来,这时候凶手可以将尸体放置在星柱正上方的铁链的正中央。之后尸僵缓解,尸体从铁链上掉下来,落在了星柱中央的雪地上。

小媛话刚说完,赵柱国就发言道:"哈哈,果然是小孩子家家的想法。先不说你这种想法有没有可能成功,单就你这想法本身，还是没有解决脚印的问题啊。凶手这么来回跑，脚印哪里去了？"

"昨晚下雪了……"我不好意思提醒了一下。

"什么？！"赵柱国瞪直了双眼。

"今天早上我们出去的时候，发现我们昨天留下的脚印都消失了。所以，昨晚应该又下了一场雪。"我解释道。

"什么鬼天气！"赵柱国咆哮了一句，"不过就算脚印的问题解决了，可还有其他问题啊，比如那个……那个……对了，既然是下雪了，如果按照你说的，死者的尸体被放在了星柱的铁链上，他身上怎么会没有雪呢？你可不要和我这么解释，什么他掉下去了，有积雪的那一面刚好翻过来被压在了下面。"

"我就是这么想的……"小媛越说底气越不足了。

"好了好了，老先生你也不要太过于批评了，小媛的想法其实还挺有意思的。"我首先赞同了小媛的这个看法，随后说道，"不过这个想法也确实存在一些问题，一些现实操作上的问题。"

"是吗……"小媛的声音轻得像蚊蝇一般。

我点点头，继续说道："首先是尸僵的问题。一般情况下，尸僵会在死后一到三小时内开始出现，表现为面部肌肉开始僵硬，之后向下扩散；经过四到六小时，尸僵扩延到全身；十二到二十四小时发展到顶峰；二十四到四十八小时开始缓解，完全缓解需要三到七天。尸僵缓解的顺序与其发生的顺序相同。所以说，从昨晚到现在，一共才不到十二个小时，怎么说也不可能发生尸僵的缓解。而且气温低的时候，更是会减缓这一过程。小媛你对这方面了解很少，所以错用了也情有可原。"

我顿了顿，喝了一口已经有些变凉的咖啡，接着说道："除了这个，还有一点小媛你也弄错了。你刚才的意思是，待死者尸体僵硬后,将其放在连接星柱的铁链中央。这一点,也是不可能实现的。不知你注意到了没有,虽然这些铁链互相交叉围成了一个五角星的形状,但这个五角星最中央的那个正五边形孔洞,其边长也是超过了两米的。也就是说,以正常人体的大小,是不可能架在上面而不掉落下去的。"

我说完这些,小媛看起来更加失落了,她低着头,一句话也不说。虽然我不忍心这么打击她,但事实就是如此,也没什么更好的办法了。

我刚想说些安慰的话语,突然间,陈默思出现了。

我刚想问陈默思去哪儿了,却发现他身上还沾着一些未擦掉的雪渍。他刚刚出去了吗?

小媛见此情况,赶快将咖啡递了过去,然而她突然发现咖啡已经凉了,伸出去的手又缩了回来,并连忙说道:"我再去煮一些热的咖啡回来。"说着,小媛匆匆离开了。

我和陈默思面面相对。

"坐?"

陈默思坐了下来,抖抖腿,擦了擦双腿上留下的雪渍。

"你刚刚跑去哪儿了,难道掉雪窟窿里了?"

陈默思笑了笑,也不知是肯定还是否定。

"对了,这位小兄弟,你说的正事,正事!我可是把话都带到了,剩下的你看着办吧。"赵柱国这时插嘴道。他看着陈默思,眼里的神色也是狐疑的成分更多一些。

"因为我已经知道所有案件的解答了,包括这些所谓密室。"

这是今天我第一次听到陈默思说话,他一开口,就让我感受到了无比的震惊。

"所以你刚刚出去……"

"就是为了验证这些解答。"陈默思缓缓说道。

竟然是这样……我暂时相信了陈默思。不过他现在的转变也太大了,之前还一直把自己锁在房间里。如果他当时积极配合的话,说不定现在也不会发生这么多事了。怎么说呢……我觉得他有点不负责任。而我也确实把这样的想法说了出来。

"我就是这样一个人。"陈默思简单说道。

"可我认识的你不是这样的……"这样的陈默思,让我觉得有些陌生。

在我心里,陈默思不是这种不负责任的人。上大学时,不管我们遇到了什么难题,只要他参与了,就一定会尽职把它做好,而不是选择逃避。我印象中最深的,是有一次我们为了调查图书馆藏书失窃的真相,差点儿连命都丢了。即使知道这其中巨大的利益纠葛,以及其可能带来的巨大风险,陈默思也丝毫没有让步。每一次他都是主动去迎击,而不是等着凶手出招,直到事态再度恶化。我还记得巴别塔一案中,当死者一个接一个出现,陈默思在雨中失控的场景。侦探永远不能置身事外,这是他当时的信仰。

然而,现在的陈默思变了。在凶案一个接一个发生的时候,他第一个想到的,不是怎样控制大家的情绪,也不是怎样预防下一起谋杀的出现。现在的他会为了暂时的推理失败而把自己锁在房间里,在凶案接连发生的时候他也没有站出来,甚至于在刚刚得知小川死讯的时候,他也没有任何情感上的变化。现在的他只是想知道事情的真相,根本不关心人的死活。我将最后的这句话对着他大声喊了出来。

"那阿宇我问你,该做的你已经都做了,结果怎样?"陈默思十分平静地问道。

面对陈默思的提问,我没有办法回答。

"应该是没有结果吧?"陈默思看着我,继续说道,"该发生的还是会发生,该死的人还是会死。你只是站在那里,不管你怎样表演,一切都不会改变。"

我只是站在那里,像个小丑……不管我怎样努力,结果都没有什么改变。霍雨薇死了,小川也死了,凶手仍逍遥法外,这就是现实。理性上,我知道陈默思说的这些都对,但我内心深处总有一股力量,叫我无法认同……

"以前我确实说过,侦探永远无法置身事外。"陈默思这时又说道,"但这只是年少时的狂妄无知罢了。作为侦探,首先要做的,就是保持独立的思考,这是找出真相的必要前提。也许你会看到身边的人一个个发生意外,也许下一个死去的就是你的朋友,但这就是侦探的使命,你必须找出真相。这是你唯一的要求。"

陈默思毫不避讳地紧盯着我,我感觉好乱。我无法做到陈默思所说的这些,也无法想象对身边的朋友见死不救。我,还会是现在的我吗?小川已经死了,如果下一个死去的是赵老先生、默思、小嫒,抑或是其他任何一个人,都是我所不能接受的。我下意识地看了一眼身旁刚刚小嫒所在的位置,想到我们一起做早餐的时光,如果以后再也没有机会见到……一想到这里,我心里更加难受了。

"好了好了,我可不管你们怎么想的,我现在最想知道的是,这几个人到底是怎么死的?!"耳边传来了赵柱国的声音。他的话像混乱中的一股磬音,直接将我带回了现实之中。

默思收回了看向我的目光,右手在膝盖上轻轻敲打着。"好吧，那我就先来解释第一起案件。"

话音刚落，众人的目光顿时都集中在了陈默思那里。

陈默思这时开始说道："案件刚发生的时候，对于这个密室，小川提出了一个想法——用玻璃来构筑桥梁，我则在此基础上加以改进，可惜最后都行不通。后来我想了好久，想到了许多种千奇百怪的机械手法，在日馆上空构造了无数的通道，可是都不行。我甚至一度怀疑这个密室究竟是不是真的，是不是有什么地方我们一直都遗漏了。直到最后，我才发现了一个问题。"

"什么问题？"我问道。

"你们没发现，我们根本就没碰过他？"陈默思看着我们，缓缓说道，"冯威死于日馆中央的雪地上，而我们则全都位于日馆的二楼。你们应该也很清楚，从日馆二楼没有进入日馆中央这块空地的通道。于是，我们便都没有近距离接触过冯威。"

"那不是冯威？"

"冯威没死？"

我和赵柱国同时喊道。

见到我们的激烈反应后，陈默思笑了起来。"没错，你们这样想很正常，毕竟这也是推理小说的惯用伎俩。替身或是假死，这两种诡计在一般的推理小说中已经完全够用了，甚至可以忽悠一大批读者。但你们要注意的是，这里的情况完全不一样，我们遇到的可是一个'超完美'雪地密室。雪地上只有一具尸体，没有任何的足迹，包括死者的和可以预计的加害者的。如果仅仅是替身或假死，则根本解释不了。"

"那该怎么说？"我继续问道。

"你们细想一下,我们不能接触死者,哪些信息会缺失?"

我凭着直觉说:"如果不能近距离接触死者的话,第一,死者的具体死亡时间我们就不知道了。但冯威遇害的那天晚上,我们都没有不在场证明,他的死亡时间显然就没有那么重要。第二,冯威的被害原因我们也不清楚。我们只是看到了他倒在雪地上的尸体,就像我们刚才猜测的,就连他是不是真的死了我们都要打个疑问。但也正如你刚才说的,不管冯威有没有死,还是说那里躺着的是不是真的冯威,都没有关系,因为不管那个是什么东西,只要他通过雪地,都会在雪地上留下痕迹。"

"还有呢?"

"还有?"我仔细想了想,可实在想不出什么所以然来了。

陈默思这时又说道:"你刚刚说得很对,可你恰恰说漏了一个最为关键的地方。如果没亲自走一趟,你怎能知道路是直的还是弯的?"

"直的……弯?"

"我这里是比喻。我的意思是,问题不在于死者,而在于雪地。"

"雪地有问题吗?"

"我刚刚就尝试了一下,从二楼的窗户跳下去了。"

"什么?!你……没受伤吧?"

听默思提到了这个,我赶紧重新打量了一下他。刚刚见到他的时候,他几乎全身都沾到了雪渍,如果仅仅是在雪地里行走,是不可能这样狼狈的。所以,当时我还在心里调侃了一下,他是不是掉进了雪窟窿……如果说默思他真的从二楼跳下去的话,他竟然还没受伤,要知道那可是将近四米的高度啊……

等等,我好像知道了什么!

"阿宇，看你双眼发亮的样子，你应该猜到了吧。"陈默思这时说道，"虽然我从那种高度跳了下去，但是我竟然一点事都没有，一个很简单的原因——日馆中央的雪地厚度其实将近有一米深。"

我点了点头，但仍是不敢相信这样的结论。

"一米深？这也太不可思议了吧……"赵柱国也质疑道。

"如果不是我刚刚亲自试验了一番，我也很难相信。不过如果要解释的话，倒也并非完全不可能。你们应该也注意到了吧，我们来的时候，路面有很多积水，其实那都是积雪融化之后留下的痕迹。在我们来之前，这里的深山已经下过好长时间的雪了。我们刚来时就发现的日馆中央的雪地，就是那时候造成的。而由于日馆本身高度的原因，冬天太阳光线倾角大，在日馆的遮挡下，日馆中央的那块雪地很难直接被阳光照射，从而残留了很大一部分的积雪。日积月累之下，再加上第一起案件发生那晚的暴风雪，形成一米厚的积雪，倒也不是不能完成的任务。而有了这一米厚的积雪，一切都好办了。"

陈默思顿了顿，继续说道："雪地上没有脚印，并不是因为凶手没有经过，他经过了，只是你们看不到，因为他是从雪地里面通过的。积雪这么厚，凶手完全可以在厚达一米的雪里打个通道，直达雪地中央。之后，他只要通过这个隐形的通道，将尸体搬运到雪地中央，再原路返回，我们见到的这个'超完美'雪地密室，就达成了。当然，既然是通道，自然就有入口和出口，这里也是容易被发现的地方。出口处就是尸体放置的地方，上方的尸体刚好盖住了这个出口，而我们又根本没有翻动过尸体，自然就没有发现了。再者，入口位于雪地边缘与日馆交界处，这刚好是我们视野死角的位置，凶手只要返回后稍稍处理下，就很难被发现了。凶手从日馆二层上下只要通过一根绳子便可。"

没想到是这么简单的手法，凶手简直就是在我们眼皮底下溜走了……

"那你刚刚下去，找到了那个通道吗？"赵柱国此时问道。

"很可惜，我没有发现。这里雪地这么大，窗口这么多，凶手完全可能从任意一个窗口下去，这样形成的通道也数不胜数。而我可没那么好的运气，随便找个窗口下去就能和凶手碰上，那我不如干脆买彩票去了。"

陈默思的话也不无道理，就这么找下去也不一定刚好就能找到。不过这样的话，就不能找到确实的物证，也让刚刚默思这段推理的真实性打了一个折扣。

"其实我根本不关心这个什么通道，我只关心一点，这个凶手到底是谁，你有眉目了吗？"

赵柱国的这个问题切中了要害，我很想知道陈默思这个家伙究竟怎么回答。我看陈默思一脸自信满满的样子，相信他心里可能已经有了那个答案吧。不过这时小媛回来了，她手里的盘子上放着几杯咖啡。陈默思毫不犹豫地上前拿了一杯。

只见他用双手捧着马克杯，小心翼翼地凑近嘴唇，然后小口嘬了一下，瞬间一副满足的表情在脸上绽放开来。陈默思紧紧捧着咖啡，怎么也不肯撒手，看来他刚刚在雪地里滚的那一趟确实让他冻得不轻。我和赵柱国也接过咖啡，各自喝了一口。

"你们刚刚谈到哪儿了？"小媛将盘子放下，一脸好奇地向我们问道。

我见陈默思只顾着喝咖啡，并不想回答这个问题的样子，便以尽量简洁的语言，将刚刚默思的那个解答复述了一遍。小媛听完之后也是惊讶不已,对这个意想不到的手法连连称奇。我也觉得,这样脑洞大开的手法简直不像是现实生活中会发生的一样。

我正准备继续刚才的问题,把话题进行下去。这时突然传来一阵肚子咕咕叫的声音,我看了过去,原来是默思的肚子在叫。

"啊,饿了吧?我去准备一些点心吧,刚好今天早上也有一些准备。我去去就来,你们先聊。"说着,刚回来没多久的小媛就再次消失在了我们眼前。

这时,陈默思的肚子又咕咕叫了两下。他不好意思地挠了挠头。看来错过了好几顿饭的陈默思也不是铁打的,他紧绷的神经突然松弛下来,被延迟的生理反应该来的还是会来。像是为了化解尴尬,陈默思很快地喝了两口咖啡。

过了一会儿,他放下了马克杯,端正了坐姿,看向我们的目光立刻变得有些不同。我知道,是该开启下一段解答的时候了。

时间的灰烬 6

在一夜的不安中，我赢来了第二天的黎明。

晚上又下了雪，呼呼的风声在窗外作响，我裹紧被子蜷缩着，脑海中出现的却全是维纳斯的身影。我幻想着她趴在床头，细心照料我的场景，她细长的手指抚摸过我的脸颊，柔和的目光简直让人心醉。我闭上双眼，仔细体味着那曾经存在的温暖。

有时我感觉她就在我的房间里，手中拿着冰袋，往我的额头上放去，冰凉的触感让人很舒服。我伸手一摸，却只能摸到空气，那是维纳斯曾经呼吸过的空气，甚至留存着维纳斯的芬芳。我深深地吸了一口气。直到我沉沉地睡过去，直到见到第二天黎明的第一道曙光。

雪停了。

我看着窗外的亮光，爬起来，穿好衣服，全身上下仔细清理了一遍。直到确认身上没有一丝残留的汗渍，我才走了出去。

走到餐厅的时候，大家都已经在了。我一眼就看到了维纳斯，心脏立刻就怦怦跳个不停。我故意斜过脸不去看她，在餐桌前坐了下来。

今天的早餐是炸圈饼，再配上一杯柠檬汁，很是奇怪的搭配。我只是看了一眼，便知道这肯定是涅普顿的杰作。按照她的解释来说，炸圈饼代表着即将发生的日环食，而在基督教中，柠檬则代表着胜利的果实。最后我们在以柠檬汁干杯的预祝欢庆中，吃完了这顿奇妙的早餐。不过早餐之后，好长一段时间我的嘴里都有一股酸酸的味道，我接连喝了好多水，这种感觉才渐渐淡化。

  日食的时间在中午，所以早餐过后，我们一上午的时间都在准备观测的仪器。对我而言，一台廉价的天文望远镜，再加上一张来之前随便购买的滤光片，就已经足够了。不过对于这里的铁杆天文发烧友而言，做再多的准备也不为过。在短短的几分钟里，我已经看到萨杜恩从箱子里取出了赤道仪、寻星镜、云台、摄像机等一大批辅助设备。在他们组装调试的时候，我没看到维纳斯的身影，不知道她是去哪儿了。我先是看了一会儿，随后就觉得无聊，准备去泡一杯咖啡。

  我离开的时候，发现普鲁托也跟在我的身后，他手中拿着一个天文望远镜的模型，可脸上还是不开心的样子。我让他去找姐姐玩，可他摇了摇头，说姐姐在餐厅忙，忙好了才能玩。但我实在不是一个善于和小孩打交道的人，看着小普鲁托那可怜兮兮的样子，我也没有办法。我只能摇了摇头，离开了。

  我刚进咖啡间，就发现玛尔斯也在，难怪刚才早餐过后就一直没见到他。我问他为什么不提前准备调试仪器，他只是回了一句不急，便继续喝着咖啡翻看手中的书本了。我从咖啡罐里取出了一些咖啡豆，放进了咖啡机，没过一会儿，随着机器的轰轰声，一股咖啡的香味漫溢出来。我又等了一下，便端着刚煮好的咖啡，找了一个位置坐了下来。

  桌上刚好有一本杂志，应该是萨杜恩或者墨丘利放在这里的。我拿过来，随便翻了翻，其中有一个故事引起了我的兴趣。

这篇文章讲的是冥王星的发现历程，正好前几天墨丘利和萨杜恩讨论过这一问题，我当时也是一知半解，便看了下去。

发现冥王星的是美国的一个年轻人，名叫汤博，当时他连一个正式学位都没有，但是凭着对天文学的热爱，于一九三〇年发现了冥王星的存在。他的方法是利用比较法，将不同夜晚拍摄的星空各部位的照片进行比较，以寻找在固定位置的星星背景中移动的物体，终于在当年一月份拍摄的照片中发现了冥王星的存在。在发现冥王星以后，汤博得到了堪萨斯大学的奖学金，终于能接受大学教育。

而汤博发现冥王星并不是他一个人的功劳，在他前面有很多前辈为了寻找这颗行星也付出过不少心血。早在十九世纪四十年代，法国天文学家勒维耶就运用牛顿定律，通过观测天王星轨道的扰动，预测出了海王星的存在。十九世纪末，美国有一个非常有钱的人叫洛厄尔。他很喜欢天文学，在亚利桑那州为自己修建了一座洛厄尔天文台。洛厄尔生前认为，在海王星之外还有一颗未知的行星存在。海王星并不完全遵循人们根据引力理论预期的轨道运动，很可能是由于海王星之外还有一颗行星，它的引力使海王星改变预期的运行轨道。洛厄尔将这颗未知的行星称为"行星X"，并且花了很长时间寻找，但直到他去世为止，这颗遥远的行星仍未露面。

直到二十四岁的汤博接手这一工作，通过大量的天文观测，才在一次偶然中发现了冥王星的存在。在冥王星被发现后，再也没有新的行星加入太阳系的大家庭了。文章在最后总结道，科学是一个不断接力的过程，唯有靠不断的努力与探索，才能有新的发现。

这就是冥王星发现的历程。我看完这个故事，喝了一口咖啡，才发现不知什么时候玛尔斯已经站在我的身后了。

"说什么坚持不懈，汤博的发现，只不过是运气罢了。"玛尔斯悻悻地说道。

在玛尔斯接下来的叙述中我才进一步了解了事实，原来冥王星的发现，确实算是一个"美丽的错误"。就像刚刚那篇文章里所说的，在天文学家发现海王星轨道与计算的有些不符之后，他们以为是有其他的天体影响了海王星。但其实只是那时技术落后，海王星又比天王星远得多，所以观测数据不够准确，所以就认为另有天体影响了海王星。一九八九年旅行者二号飞掠海王星，精确测量了海王星的质量，比以前计算的要小，也就不存在所谓轨道异常。所以如果认真来说，汤博的发现还真的是靠运气，正是因为之前计算的数据出错，冥王星才会被发现。

之后玛尔斯又说，机会并不永远是给有所准备的人，有时候运气才是最重要的。就像我们正在准备的日环食观测，如果运气不好，天公不作美的话，便万事作休了。然后玛尔斯就提到了那个天文学史上最不幸的天文学家的故事，这就是法国天文学家勒让提与金星凌日的故事。

金星凌日每二百四十三年会出现四次，每两次一组，相隔八年，两组之间却相隔一百多年，所以一般人一辈子只有这两次机会。历史上有一次金星凌日就发生在一七六一年的六月六日，当时只有亚洲才能看得到。法国天文学家勒让提预先算好，他从一七六〇年搭船准备到印度去观测这次的金星凌日。

经过漫长的航行，他来到印度，可那时英法之间有战争，英军拒绝了勒让提上岸的请求。勒让提极其无奈，六月六日金星凌日时他仍漂泊在海上，颠簸的船上无法进行观测。

受此打击，勒让提竟然没有绝望，因为他知道，八年之后的一七六九年这儿还有一次金星凌日。于是他决心留在印度，不久战争结束，勒让提来到印度南部的本地治里，开始了漫长的独自等待。因为那里在六月的大部分时间里气候都是良好的，这对于他的观测十分有利，于是他在那里修建观测站，装置仪器，学习本地的语言，并且开始研究印度的天文学。

直到他认为是幸运的那一年，整个五月和六月的前两天，太阳都照耀得异常光明。可是在他期待了八年的那一天，天气突然变坏，正当金星凌日的时候，暴风突起，雷雨交加，连太阳的影子也看不到了。老天像是故意在开玩笑似的，在金星退出日轮几分钟以后，天气转晴，阳光又普照大地。勒让提的身体本已饱受热带气候的侵蚀，又遭遇观测失败，垂头丧气，便病倒在床。他感觉没有兴致，不给朋友通信。

一七七一年，他扫兴地辗转回到法国，才知道在他音讯断绝期间，大家以为他早已客死他乡，他在科学院的院士位置的空缺，已经被别人补上，而他的财产也已被人承袭。他起诉法庭，但当时的法庭却是这样判决的：已经被认为死去的起诉人，便无权再拥有他已经被人承袭了的地位和财产。他反而还要付出这场官司的诉讼费，这样勒让提便一贫如洗了。

听完玛尔斯的这段叙述，我还真是替勒让提的不幸感到揪心。好在玛尔斯最后提到，不幸的勒让提最后还是得到了别人的帮助与理解，并且还出了两本关于印度风土人情的书，也算是晚年的一大慰藉了吧。

之后我和玛尔斯又聊了一会儿，便洗净咖啡杯，和他一起出去了。我看着窗外晴朗的天空，心里为我们即将到来的观测祈祷起来，希望我们不会成为下一个不幸的勒让提吧。

然而这个不幸终究还是降临了。这里指的不是天气不好，而是另一个原因——我们找不到维纳斯了。

最先发现这个问题的是涅普顿，她这段时间一直都黏着维纳斯，甚至半个小时不在一起，她就会浑身不舒服。早餐过后，众人就分别取出观测仪器开始调试，维纳斯刚开始也在，不过她的仪器昨天已经调试得差不多，很快就弄好了。众人后来都专注在自己的仪器调试上，没有注意到维纳斯的行踪。直到涅普顿说维纳斯不见了，众人才意识到这个问题。

之后众人便开始寻找起来。我和玛尔斯刚从咖啡间出去，就撞上了正要进来的一行人。然而结果是肯定的，咖啡间里也没有维纳斯的踪迹。能找的公共场所都已经找遍了，全都没有维纳斯的踪影。涅普顿说她一开始就去了双子座的房间，也就是朱庇特本来所在的房间，在这上面，就是维纳斯的房间。但她发现房门已锁，之后她又喊了好几声，都没有回应。再后来她才找来众人帮忙，也就有了后来的这些事。

如果现在馆内所有地方都没有找到维纳斯的话，她又没有出去的迹象，只剩下一个可能了。刚刚涅普顿发现朱庇特房间被锁，其实不是维纳斯出门后锁的，而是维纳斯把自己锁在了房间里。而涅普顿的呼喊没有得到回应，这说明中间肯定出现了什么问题。要真是这样的话，那才是最让人担心的。

为了确认这一点，我们最终还是赶到了双子座房间的门前。在众人面前，涅普顿敲打着房门，大声呼喊着维纳斯的名字。如此大的声响，已经完全排除了维纳斯在房内休息的可能性。在几番确认无人回应之后，众人也不知如何是好。这时玛尔斯站了出来，他体格很是健壮，如此混乱之际，更是有领导者的风范。玛尔斯提议撞开这道门，众人先是犹豫了一下，随后便都同意了，此时已无他法。

在以玛尔斯为主的众人强力撞击之下，房门砰的一声打开了。我们见到了朱庇特的房间，里面空无一人，房间一角有通往上层空间的扶梯。其实我们这里每个房间都是一样的配置，只是这里天花板上的隔扇是真的能打开罢了。房门打开后，涅普顿赶快跑了进去，她径直跑到扶梯那里，腾腾腾地爬了上去。爬到扶梯顶端之后，她伸出手去，轻轻一拉，头顶的隔扇便被打开了。涅普顿继续向上爬，很快便消失在了视野里。

在涅普顿后面爬上扶梯的就是玛尔斯，可他头部刚要到达隔扇那里，上面的房间就传来了一声尖叫。我甚至一开始都没听出这是涅普顿所发出的声音，因为这个声音实在是过于尖锐了，我能感觉到这声音里面带有一种声嘶力竭的恐惧感。听到这声惨叫后，玛尔斯一跃而上，登上了二层。我们剩下的几人也赶快跟了上去。

等我们全都登上扶梯，来到二层后，我见到玛尔斯正抱着已经晕倒的涅普顿向这边走过来。我问他发生了什么，他只是摇摇头，没有说话。我看向玛尔斯走过来的方向，那里是浴室，这里每个房间的摆设都很接近，所以我一眼就得出了这个结论。

我壮着胆子，向浴室的方向走了过去。接近浴室的时候，我能明显感觉到空气的湿度渐渐增大，浴室里隐约还氤氲着一些水汽。昏黄的灯光在这些雾气的散射下显得有些暗淡。我走了进去，拉开湿漉漉的浴帘，随后便见到了一生都不会忘掉的那一幕。

维纳斯裸着身子，静静地躺在浴缸里，水面没过了她的全身。她的头发散乱着，在水里漂散开来。此时的维纳斯已经完全没有了呼吸。

　　这具完美的胴体，是只属于维纳斯的美。

日月星杀人事件 7

对我而言，侦探的责任就是帮助别人，不管这个人是你的委托人，还是一个陌生的对象，你都有这个义务去做这件事。这就是身为侦探的本能。

然而，古往今来的名侦探们，往往都具有极其古怪的性格，甚至有不为外人所知的各种怪癖。他们头脑发达、思维敏捷，各种离奇的案件均能在他们手中迎刃而解。尽管这些名侦探大部分仅存在于文学作品虚无的构想中，但百余年来还是有无数人以此为梦想，竞相成为名侦探们的拥趸。我就是其中一位。

陈默思便经常以此取笑我，在他眼里，推理小说中的侦探只能解决推理小说中的难题，而现实生活中需要的则是能解决现实中难题的人。他是一个实际的人，所以他成了侦探，而我只能永远是一个推理小说作家。我也慢慢接受了这一点，接受了他解决案件的方式，直到他失去了我所坚信的侦探的本能。

现在坐在我面前的这个陈默思，不再是以前的那个表面慵懒、内心火热的人了，除了谜题，现在的他脑子里不会想到任何东西。我不知道他什么时候变成了这样，也许这期间他经历了什么。但……至少这不是我喜欢的模样。

"我想你可能误解了什么，阿宇。侦探的本能就是解开谜题，让真相大白于天下。除此之外很多事，不是你想做就能做到的。诚然，我承认，侦探是有义务做到你所说的那一切，但这将意味着侦探需要付出更加百倍的努力，甚至于搭上自己的性命。我，还想多活几年。"

我已经记不清默思什么时候说过这句话了，也许他是对的吧，我真的分不清了。看着眼前的陈默思，我心乱如麻。

"阿宇，振作起来。"耳边似乎传来了什么声音，是谁的呢？我仔细想了想，才想起来了。

"小媛，是你吗？"

我把目光投向身边，却完全没有小媛的身影。这时，眼前晃起了一道黑影。

"阿宇，你没事吧？"说话的是陈默思，刚刚也是他用手在我眼前晃了两下。"怎么突然就自言自语起来了，人家小媛刚走你就想她了？哈哈！"

听着陈默思的嘲讽，我实在无话可说，刚刚不知道怎么了，本来想继续听他接下来的解答的，突然就犯迷糊了。也许是昨晚守夜时睡得太少了吧，竟然连幻听都出现了。

"好了，默思你继续吧。我没事了。"我揉了揉双眼，感觉好了很多。

"真没事？好，那我们继续吧。"陈默思看了我一眼，仔细确认了一下，才继续说道，"刚刚我们已经解决了冯威的案件，接下来就是霍雨薇的案件了，同样，这第二起案件也是一个雪地密室。我不知道这个凶手是不是真的如此钟情于雪地密室，还是说，他只是为了那个所谓仪式感。但毫无疑问，要找出那个凶手，我们也必须得解决这个密室。"

赵柱国这时说道："但这第二个雪地密室，可不是那么好解的啊。第一，死者的尸体位于月潭，四周无依无靠，如果想靠在高处抛的方法，自然是行不通的；第二，我们已经接触过死者，那附近的雪地是切切实实的。所以你刚刚说的那种在雪地里打洞的方法也是不行的。"

"你说得很对，既不能在天上飞也不能在地下打洞，按照常理来说，怎么也是不可能做到的事。"陈默思顿了一下，接着说道，"不过凶手一向不按常理出牌，所以我们也要换一个思路。"

"换一个思路？"赵柱国继续问道。

"没错。就像我们最开始在第一起案件中提到的那个方法，日馆上方没有通道，我们自己搭一个通道便是。所以，我们应该换一个思路，创造出那个本不存在的条件。"陈默思看了我们一眼，继续说道，"刚刚赵老先生也说了，无论是天上的通道，地上的通道，还是地下的通道，这里都被封死了。所以我就想，如果不需要这个通道，是不是也可以做到。"

"不需要通道……"赵老先生显得更加疑惑了。

"雪地密室也是密室，自然和一般的密室解法有一样的地方。其中密室就有这样一种解法——凶手出去之后密室才形成。套用到我们这里，我猜测，雪刚停之时，是没有所谓雪地密室的。之后凶手采取了某种行动，才制造了这个密室。这样，就不需要那个通道了。"

"怎么说？"

"在雪未停时，凶手将死者的尸体搬运到月潭。之后凶手离开，大雪很快就将凶手来回的足迹覆盖。"

"这样的话，死者的身上就会有积雪覆盖啊，可我记得很清楚，当时肯定是没有这种情况的。"赵柱国十分确切地说道。

"所以我才说，凶手离开后采取了某种行动，制造出了密室。而这次的行动,就利用到了月潭本身。"

"月潭……"

"准确地说,是月潭表面的冰面。凶手是这样做的,他将死者的尸体运到月潭那里时,并不是直接将其放在包围月潭的雪地上,而是放在了月潭的冰面上。之后,再联想到月潭本身的形状,如果想办法将冰面抬起,形成一个倾角,冰面上的尸体将直接滚落至雪地上。由于死者身上的积雪被压在了身下,自然就看不到任何雪的痕迹了。这样,一个雪地密室就形成了。"

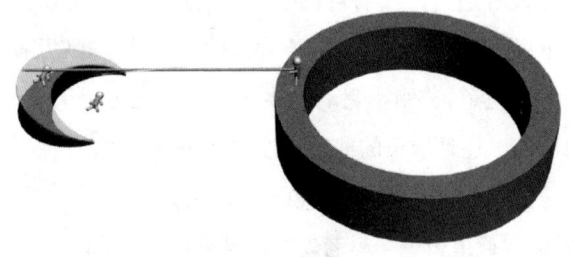

图 12 月潭事件

陈默思顿了顿,接着说道:"而将冰面抬起的方法,其实有很多。我现在说的只是我认为最可行的一种。你们应该注意到了月潭的朝向,它是朝向日馆的。也就是说,我可以站在日馆顶部,用一根绳子黏结到月潭的冰面上,用力拽住另一端,就可以将冰面抬起。在尸体滚落下去之后,再缓缓放下,一切就又恢复到了原状。"

"那之后这根黏结到冰块上的绳子,又是如何处理的?"赵柱国问道。

"你们应该见过那种直角的绳扣吧,在直角紧贴冰块的时候,绳子可以施加力到冰块上。但如果旋转一个角度,直角脱离冰块,这个绳扣就很容易取下来了。之后,只要将脱离冰面的绳子渐渐收回即可,虽然这可能会在雪地上留下一道细细的划痕,但根本不容易发现。在我们发现尸体后奔跑过去的途中,划痕就已经被混乱的脚印破坏了。而昨晚又下了雪,现在这样的微小痕迹早就泯灭在大雪之中了。"

"如果真是这样的话,那昨晚下的雪,也会将凶手站在日馆顶部留下的足迹给覆盖了……"赵柱国痛心疾首道。

陈默思无奈地点了点头,算是承认了这个说法。

"算了,我们也不需要纠结于这一点,我只想知道,那个凶手是谁?我们中的谁,才是那个疯狂的凶手!"赵柱国的目光瞬间变得热切了起来。

陈默思喝了一口咖啡,没有直接回答这个问题,"我想听听今天早上发生的第三起案件。阿宇,和我说说小川的死吧。"

他把咖啡放下,看向我。我没想到默思现在会提到这个,看着陈默思那认真的表情,心情又变得有些沉重了。就是因为我们的无所作为,小川才会死的,他的死是我心中永远的痛。虽然距离发现小川的尸体才过了不到一个小时,但我却感觉已经过了很久很久。

"还是我来说吧。"可能是看到我的状态不太好,赵柱国主动说了起来。

之后的一段时间里,赵柱国将发现小川尸体的整个过程,以及后来我们的推理,全都讲了一遍。其间陈默思一直认真听着,没有一次打断,他不时点着头,喝着咖啡。直到最后赵柱国停了下来,他杯中的咖啡也刚好喝尽。

"如果说刚刚我只能大概猜出这个凶手的话,现在我已经百分之百确定这个凶手的身份了。"

陈默思将空荡荡的咖啡杯放在了桌子上，双手插在胸前，十分自信地说道。

有那么一瞬间，我对自己所处的世界有了一丝不真实的感觉。黑色的馆，一望无际的白色原野，苍茫的大雪，月潭星柱乃至所有的一切，仿佛都离我渐渐远去。

透过悬浮在眼前的一片虚无的雾气，我看到了日馆中央已被积雪覆盖的冯威的尸体，看到了宛如一朵盛开的紫罗兰似的霍雨薇的尸体，也看到了倒在星柱之下被铁链囚锁的小川。冥冥中有一股神秘的力量，开启了这黑暗的魔法阵，也开启了日月星杀人魔法，接连带走了他们的性命，也让剩下的我们处于无尽的黑暗之中。黑暗中我仿佛看到了小川濒死的双眼，他想活着，他伸出手想抓住我。可我只能眼睁睁看着他被黑暗吞噬，我体会到了一种深深的无助感。

我喝了一口咖啡，内心久久不能平静。

"默思，谁是那个凶手？"这一瞬间，我突然想知道这个答案了。

陈默思看着我，随后又将视线转移到别处。"我们还是先来看看星柱的密室吧，这样一来，日月星杀人魔法就凑齐了。凶手从前天开始，每晚都杀害一个人，分别冠以日月星之名，具有一种浓浓的仪式感。虽然我还不能断定凶手会停止杀人，但他也只能到此为止了。现在我们就来揭开第三起案件中星柱的秘密。"

陈默思停了一下，接着说道："第三起案件中小川的死，也是一个雪地密室。与之前两起密室相同的是，这里也完全没有任何足迹。所以我们完全可以按照之前的思路，这也是我刚听到这个密室就立刻有了解答的原因。我的意见是，小媛的那个想法是正确的。"

"小媛的想法……可是她的那个想法不是已经被我们否决了吗？"我质疑道。

"我是说她的那个思路是对的，但具体的手法还需要完善一下。小媛当时的看法是，将已经僵硬的小川的尸体放置在星柱上方的铁链上，之后由于尸僵缓解，尸体落到下方的雪地上，刚好将身上的积雪压在身下，这样就形成了一个雪地密室。但是你们也提到了，这种做法有两个漏洞，其一是尸僵缓解的时间要远大于十二个小时，其二是铁链中央的空隙大于人体大小，所以尸体不能成功地置于铁链上。"

我点点头，表示认同陈默思的说法。

"所以说，小媛的想法只能说是提供了一个思路，但如果完全按照这种做法去做的话，则是不切实际的。其实这个想法和我刚刚解决第二起案件时的思路是一致的，都是凶手离开之后才完成的雪地密室。"

"那怎样修改呢，具体的手法？"

陈默思看着我，随后说道："很简单，既然铁链中央的空隙不足以支撑尸体大小的话，我们想办法缩小这个空隙即可。你来看这张图。"

说着，陈默思将桌上的纸笔拿了过来，上面还有前天解答第一起案件时留下的公式和笔记。陈默思只是看了一眼，便将纸翻了过来，露出了没有痕迹的那一面。之后，他又开始在上面画了起来。渐渐地，我能看出来，他画的是星柱的示意图。五个圆分别代表五根星柱，五圆之间相连的线段代表着铁链，而中央那个圆圈和线条勾勒出来的小人,则代表的是死者。

"从这个图中就可以看出来,很明显的是,在铁链围成的五角星中间有一个正五边形的空隙,其边长大于两米。以正常人体的大小,是肯定放不上去的。但是,如果我们旋转一下呢?"

说着,陈默思在五个圆圈旁分别加了代表旋转的符号,旋转的方向是逆时针。

"只要将这五根星柱,分别朝一个方向旋转一百八十度,就有不一样的结果。"

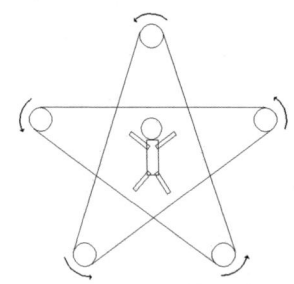 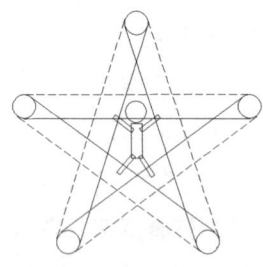

图 13 星柱示意图

之后,陈默思又开始在原来图纸的基础上画了起来。没过多久,一幅新的示意图出现了。我盯着这张图看了许久,才终于确定,默思的说法是对的,空隙确实减小了。原本不相交的几根线全都交叠了起来,构成了一个全新的五角星。

我看着陈默思,很是认真地点了点头。

"我来看看!"

赵柱国见到我的表情,也十分好奇地凑了过来。没过一会儿,他放下图纸,叹了口气。"没想到这么简单……"

我倒是没这么想,这种想法虽然目前看来可行,但也存在一些问题。"默思,那些星柱真的能旋转吗?"

陈默思笑了起来,把目光转向了赵柱国。"这个问题你得问这位老先生吧?"

"我?没错,这个星柱确实是我设计的,但我只是提供了一个设想,具体的图纸都是老周后来设计的,他有没有把这些星柱设计成可以旋转的,我就不知道了。"赵柱国双手一摆,表示自己也不清楚。

"好吧,还有一个问题,就算通过这种方法可以将铁链中央的缝隙减小,但凶手又是怎么做到在离开后,还能使死者的尸体从星柱的铁链上掉下来?"我向陈默思问道。

"用冰。"陈默思的回答很是简单,"凶手在将星柱旋转半圈后,在其底部浇上水,很快这些水就会凝结成冰,将旋转后的星柱固定住。之后凶手将死者的尸体放置于铁链上方,形成一个稳定的状态。直到第二天早上天亮,太阳出来,气温逐渐上升,星柱底部的冰块逐渐消融。并且在尸体重量的双重压迫下,终于达到了一个临界点,这些冰块碎裂了,星柱往回旋转半圈,恢复了原状。此时连接于星柱之上的铁链也恢复了原状,其中央空隙增大,尸体随之掉落在了雪地上。整个密室也就完成了。"

陈默思的这个说法倒也不是不可行,只不过要完全确认其可行性的话,必须得先去确认一下星柱旋转这一假定的真实性。我把这一观点说了出来。

"哎呀,这个暂时先不忙,我现在只想知道一个问题,凶手到底是谁?"赵柱国以一种急切的眼神看向了陈默思。

我把目光转向陈默思,这个答案我也很想知道。

"我还是刚才那句话,如果在得知第三起案件之前我只能大概猜出这个凶手的话,在这之后我已经百分之百确定这个凶手的身份了。"

"谁?"

陈默思看了一眼如此着急的我,笑着说道,"其实经过刚才的一番解答,如果你们足够细心的话,凶手的身份已经很明显了。我们先来仔细分析一下。首先是第一起案件,凶手能够将身材壮硕的冯威带到日馆中央的雪地上,说明他的力气必然不小,应该是个年轻的男性;第二起案件中,霍雨薇已经因为惊吓将自己锁在了房间里,而凶手竟然能突破她的防备将其杀害,这说明凶手必然与霍雨薇相识,甚至关系很好;关键就在于这第三起案件,凶手将死者小川放置在星柱上的铁链上,要知道星柱可是有将近三米的高度,这就说明凶手个子必然很高。针对此三点,凶手不是已经很明显了吗?"

年轻男性,与霍雨薇关系好,个子高……我的脑海中浮现了一个人的身影。

"霍霖!"

我和赵柱国同时喊道。

不过我很快就注意到——"可霍雨薇是他姐姐啊……"我实在不能相信这一点。

"不能相信又怎样,如果我们刚才的推理是正确的话,答案就是如此。这就是逻辑的力量。"陈默思郑重说道。

我的头脑有些混乱,如果这样的话,那霍霖就是为了替十年前黎雨的死报仇,才接连犯下了这几起罪行的,而这其中还包括了他的亲姐姐。虽然我们不知道这其中更深层次的原因,但事情就是这么发生了。而且原来我们从一开始就猜对了,与十年前这起事件相关的人一个个被害,最后剩下的嫌疑最大的就是霍霖了。是他,杀了包括小川在内的三人,他就是那个凶手。

"霍霖呢?"我大声喊道。

"应该还在他自己的房间里吧……"赵柱国显然也被我的反应吓了一跳,"不过如果凶手就是霍霖的话,那我们现在就去把他抓起来,以防他再来害人。"

陈默思点点头,说:"你们不要着急,刚刚我来这里之前,已经做好了一道防备措施。你们跟我来。"

说完他站了起来。我们跟在陈默思身后,快速向霍霖的房间走去。

我们赶到霍霖的房间后,眼前却只有已经断成两截的木棍碎片,房门早已大开,里面空无一人。

"他人呢?!"我大声喊道,心里那种不安的感觉急剧增强。

陈默思略显尴尬地摇了摇头。

突然,我意识到了一点。"小媛呢?!"刚刚她说去准备点心,可现在已经过了这么久,她还是没有出现。

"会不会……"

"不会!"我大喊了一句,赵柱国把刚要说的话咽了回去。

我向前疯跑了过去,然后我看到了空无一人的咖啡间,小媛真的不在这里。我的心顿时凉了起来。

我又疯狂地跑了起来,餐厅、厨房、台球室,只要是她可能在的地方,我都找了一遍。可几番过来之后,还是没有发现她的身影。我能感觉到我的心脏跳得越来越快了。

"会不会在她自己的房间里?"跟在后面早已气喘吁吁的赵

柱国此时提醒道。

听到这句话之后,我也顾不得细想,只能拼了命向前跑去。小媛的房间刚好在与台球室相对的位置,所以我要跑的距离也是最长的。在奔跑的过程中,我能感觉到我的双腿逐渐沉重,呼吸也变得紊乱,可我还是丝毫没有降低速度。一旦想到我可能失去小媛,我的心就痛了起来。

在一个转角过后,我终于看到了小媛的房间。可在那里,同时我也看到了另一道身影。

"霍霖!"跟在我身后的陈默思随后大声喊道。

我不顾一切地冲了上去,那一瞬间,脑子完全昏了,我甚至都不记得自己当时做了什么。等我清醒的时候,我正坐在霍霖的身上,一只拳头即将落到他的脸上。陈默思在我身后紧紧拉着我的手臂。

"你疯了?!你也不看看,现在是什么情况!"陈默思对我大声喊道。

耳后传来的陈默思振聋发聩的声音将我带回了现实,我逐渐认清了眼前的现实。在我身下的霍霖此时看起来很不对劲,他痴笑着,嘴角沾满了混着血液的口水,同时嘴里还在不停呓语着什么。他似乎根本没有在意我们的存在,他只是转着头,朝着一个方向,痴痴地笑着。

我沿着他视线的方向看过去,正是小媛的房门处。她的房门是关上的。我松开了始终攥着霍霖衣领的左手,陈默思也将我的右手松开。我站了起来,走到房门前,轻轻敲了起来。

"小媛,小媛,你在吗?"

走廊上不停回荡着我的呼喊声,可始终没有期待中的应答。随着时间渐渐流逝,我的声音都变得断断续续了。

"小媛我知道你在的,你回答我一下啊,回答我……"我在门前痛苦地蹲了下去。

过了一会儿,陈默思拍了拍我的肩膀,他将我拉开,站在了房门前。在一声巨响中,他直接将房门踹开了。

陈默思走了进去。一秒钟,两秒钟,三秒钟,还是没有任何的声音。我颤抖着走了进去。等待我的,是一具毫无生气的尸体。

小媛静静地躺在浴缸里,像条沉睡的美人鱼。她在等待着我的到来。

时间的灰烬 7

维纳斯自杀了。

当我回过神来,第一个想法就是这个。虽然我完全不能接受,但推理作家的直觉告诉我,这就是现实。

维纳斯的死因是溺毙,而后来的检查显示她生前吞服了大量的安眠药,虽不足以致死,但也超过了正常的剂量。也就是说,维纳斯是在服用了安眠药之后进入浴缸的。药效发作,维纳斯晕倒在浴缸里,头部沉入水下,导致了溺毙。

现场是密闭的空间,唯一的钥匙也在房间内。维纳斯一向有出门后锁门的习惯,如果说有人趁其不注意在房间的水杯中下了安眠药,也是不大可能的。也就是说,现场是个密室。所以维纳斯的死也只有一种可能,她是自杀的。

我想不通维纳斯为什么要自杀,她已经与朱庇特订婚了,即将步入婚姻的殿堂。他们看起来也很恩爱,此时的维纳斯应该处在人生中最幸福的阶段。可现实却是她选择了自杀。我想了很多种维纳斯不是自杀的可能,但却被我一一排除了。最后我也只能接受这样的结果。

这件事之后,我们这个团体几乎和解散差不多了,互相之间很少联系。我知道大家这么选择的原因,我们都是在回避,不想让自己回想起这件事。维纳斯的死对我的打击实在太大了，我很难接受再也见不到她的现实。我仍然会时常想起维纳斯彻夜未眠照顾我的场景，她的一颦一笑我甚至都能清晰地忆起。在我的梦里，维纳斯还是和以前一样完美，她的美丽容颜，她的洁白肌肤，甚至是她身上那股淡淡的香味，都能让我神魂颠倒。

可后来我的梦中，却出现了另一番场景。梦里我再次回到了维纳斯死去的那一天，我爬上扶梯，进入她的房间。在我走进浴室，掀开浴帘的那一刹那，无数根黑色的发丝向我袭来。每次我都会惊叫着从梦中醒来，浑身大汗淋漓，宛如大病一场。

这样的状态持续了好长一段时间，渐渐地，我不敢多想维纳斯了。我拼了命地让自己忘记她的存在，可她的身影还是时不时地从我的心底深处钻出来。她想吓我，她不想我忘记她。

现在，我已经基本上不会想起她了。我的生活回归了正轨，这期间我又出版了几本推理小说，竟出乎意料地大受好评，也有很多影视公司找了上来，要购买我小说的影视版权。所以，最近我大部分时间都是在各地奔波开签售会，或是和编辑讨论下一本书的出版事宜，又或者是和影视公司讨论影视改编的事情。总之，我几乎已经从那件事的阴影里走了出来。

然后，就在我近乎完全忘却的时候，整件事却迎来了炸裂性的转机。

那天我处理完所有事情后，正准备从出版社回家，编辑却给我递了一本书，说是出版社近期准备出版的一本推理小说，作者是个新人。出版社的意思是让我写个推荐语，然后放在腰封上，对于这种事我当然不会拒绝，我也一向热衷于提携一下新人作者。

于是我接过了这本书，大概看了一眼封面，作者确实是个新人，陆宇，一个我没听过的名字。书本身倒不是很厚，也许只是一个十万字不到的小长篇。我下意识地打开翻了一下，里面印刷的字体倒挺大，现在的出版社为了赚钱也真是什么都不顾了。作者应该是个理工男，里面的插图倒是不少，我一向比较头疼这些只会乱画示意图的推理小说，对接下来的阅读感受已经不抱什么期望了。

直到我的眼前出现了一张示意图，它在我的眼前显得如此另类，以至于我急切地把书翻回了前面。我看到了这本书的名字——《日月星杀人事件》。砰的一声，书本骤然从我手中滑落。

正站在我面前的编辑吓了一跳，她以为是出了什么事，慌忙帮我把书捡了起来。我接过这本书，无视编辑在我耳边的各种询问声，直接走出了出版社。

在回家的路上，我一直都在询问自己，为什么还有其他人知道这件事，这件事已经过了这么久，以前的新闻应该也都已经湮没在各种社会娱乐新闻的垃圾堆里了。除了我们几个当事人之外，为什么还会有人知道？

我怀着这种不安的心情，回到家中，赶快打开了电脑，在网页上搜索着当年关于这件事的各种报道。我本以为当年这件小小的自杀案件并不会引起媒体的多大注意。但事实是我错了，在我将自己彻底封闭起来的那段时期内，各类媒体对这件事的报道简直是铺天盖地。我随便点开一个相关网页，几个大字出现在了我的面前——日月山庄接连四起密室凶杀案，凶手究竟意欲何为？

我又点开了其他网页，结果都是大同小异，"制造密室连杀数人，凶手竟是疯子""日月血案今告破，真凶却是痴疯人"。

我并不在意凶手是谁，我的目光紧紧盯在了案发日期上，二〇一五年x月x日，正是维纳斯死的那天。也就是说，那天并不是只发生了一起案件，而是总共四起案件！

面对这样的现实，我足足愣了一分钟。

如果真是这样的话，这篇小说所写的内容很大概率是真实的了，因为书中所写的也是四起密室杀人案。我再次拿起了这本名为《日月星杀人事件》的小说，翻了下去。作者在正文之前也表明了本书是根据真实经历改编而成，所以说，这本书的作者当时应该也在案发现场。我想都没想，便继续看了下去。几乎只花了不到一个小时，我便把这本薄薄的小说看完了。

说实话，里面的内容足够惊讶，直到我翻完最后一页，这种炸裂感才达到顶峰。这本书里所写的小媛，应该就是维纳斯吧。我放下书本，久久不能平静。

小媛就是维纳斯，维纳斯就是小媛，原来她当时一直都是在一人分饰两角啊，这已经完全超脱了我的想象。我内心激动了许久，才慢慢平静下来。细想之后，发觉这也并不是完全不能实现的。

维纳斯当时就住在二层的双子座房间，这和小媛的房间是一致的。而且那几天我们也很少见到维纳斯，最多就是一起吃早餐的时候。不过我们吃早餐一般就是九点多，而书中小媛一般都是天没亮就开始准备早餐，众人七点多就陆续吃完了。所以在出现的时间点上，两者并不冲突。另外，书中还描写了有一天早上小媛看起来精神不是很好、黑眼圈很重，而按照我的计算，前一天晚上正好是维纳斯一整晚都在照顾我的时候。

如果她们真的是一个人的话，这就能得到很好的解释了。

我细细想了起来，越发肯定了这种猜测的真实性。不过还存在一个更大的问题，如果真像书中所描绘的那样，那我们当时的真实情况就是，馆内上下两层都有人居住，但却互相之间并没有意识到对方的存在。这真的可能吗……

我逼迫自己去努力回想当时的事情，很快，原本已经消失的记忆又逐渐清晰了起来。原来它们一直都没有离去啊，我苦笑了起来。根据我的记忆，朱庇特是在我们到达日月山庄的第二天离开的，当时他开走的就是送我们来的那辆小型客车。也就是说，当时山庄外已经没有任何车辆停留了，如果我们二层的这些小伙伴是在第二天到来的话，他们也不会发现有其他的痕迹。这里我也注意到了一点，小说中描写主人公来日月山庄的路上车抛锚的那一段时，提到了路边的客车轮胎印，这应该就是朱庇特驾驶的那辆客车留下的痕迹。

而且之后的几天，我们都一直待在馆内的一层，从来没有出去过，两队人之间也自然不会遇到了。更为关键的是，一层房间的窗户都开在比较高的地方，我们通过这些窗户只能看到天空，这样就算外面发生了什么，甚至是杀人事件，我们也不会得知了。

所以种种巧合之下，我们在同一个建筑里相处了好几天，竟一直都没有发现对方的存在。不，应该说不上巧合。我们所有人中间只有一个人是知晓一种情况的，那就是维纳斯，或者说是小媛。

她为什么要这么做，将我们所有人召集起来，然后接连发生了这么多的凶杀案件。对此，我只想到了一种可能，这种可能性让我感到毛骨悚然。

她其实是在做案件重演。

十年前发生了黎雨自杀的案件，维纳斯可能本来和黎雨关系很好，始终不相信黎雨是自杀的。但是她又找不出黎雨被杀的证据，破解不了那个密室。于是她就想到了这个办法，她要想办法重现当年的现场。我们这个以行星名为代号的天文爱好者小团体就这样诞生了。

我们这个小团体里的所有人几乎都是朱庇特联系过来的，但是朱庇特本人却很少参加各种活动，倒是维纳斯参加的活动比较多。所以我现在怀疑朱庇特其实也是维纳斯的人，他是在维纳斯的指示下完成了一系列的任务。于是在这个暴风雪山庄即将构成的前夜，他按照计划提前离开了。

而维纳斯选择我们的理由很简单，她要尽量还原当年的案发现场，我们的性格特征也自然要接近当年的人物。所以我这个推理作家乌拉诺斯才被选了进来，用以替代当年的推理小说家界楠。我本来是这样想的，但现在我又有了新的想法。也许，我才是这个计划中最为核心的一环呢？

维纳斯想要重塑当年的案发现场，自然是为了发现当年整个事件的真相。那么，就必须需要一个侦探的角色——既然她已经选择了成为死者。而我，就是她选中的那个侦探。本来我应该替自己的推理才能得到承认而高兴，但此时我却突然有些失落起来，不是因为她利用了我的缘故，而是因为那一晚她照顾了我。

我发烧的那一晚，她照顾我的原因不是因为关心我，她只是为了确保她自己的安排不被干扰罢了。我在她的眼里是一个侦探，但也只是一个侦探罢了。我是一枚棋子，我需要在接下来的案件中努力发挥自己的推理才能，做好一枚合格的棋子。

一枚因发烧而状态不好的棋子,显然不是她所需要的。所以她才会照顾我,这也是最让我伤心的地方。

但我现在的表现应该令她很失望吧,我还是没有推理出那个解答。所以说,我不是一枚合格的棋子。不过好在她也没把所有的鸡蛋都放在我这一个篮子里。在案件重演的那几天里,她又重新召集了十年前的那些人,把他们放在二楼,然后一个个杀害,借以逼迫十年前的那个凶手出现。但如果小说中描写的结果是真的话,真正的凶手直到最后一刻也没有站出来,他没有选择出来制止这场无休止的杀戮。直到她死了,她也不知道凶手是谁。

还是说,凶手已经死了……我突然有了一个可怕的想法,也许,这场杀戮从我们来到这座馆之前就已经开始了。贺放、界楠,甚至于一周前离世的周弼,他们离世时年纪最大的也不超过六十岁。他们真的是"正常"死亡的吗?尤其是推理作家界楠的死,难道真的仅仅是因为编辑的那点怒气?还是说,这背后还有更深层次的原因……一想到这里,我不禁惊出一身冷汗。

凶手究竟是谁?维纳斯又是如何完成这场疯狂的杀戮的?脑海中再次浮现出了那几起雪地密室的场景。

我把书翻到了最后几页,书中最后也给出了几起雪地密室的解答,在我这个专业的推理小说作家看来,这些解答倒也有点意思。最后书中给出的真凶是霍霖,也确实合乎逻辑。但很可惜的是,现在的我已经知道真正的凶手了。也就是说,书中的推理错了。

作为马后炮的我,又重新翻看了一遍解答的部分。很快,我就找到了推理的漏洞所在。书中最后给出的解答虽然精彩,但却没有丝毫的证据。也就是说，如果我能找出另一种解答的话，就可以完全推翻这个解答。

合上书，我想了一段时间，可却完全没有什么思路。要在这么短的时间内想出新的解答，谈何容易。我将小说再度翻开，目光却被首页的插图紧紧吸引了过去。这是日月山庄的示意图，日馆月潭星柱三者均向排列，大致呈一个三角形。等等，三角形……

脑海中突然有一道闪电穿过。我赶紧将书本向后翻去，书页在我手中哗哗作响。很快，另一幅插图在我的视线中出现了。

这也是一个三角形……我把目光投向眼前这幅日馆二层示意图上，冯威、霍雨薇与贺晴川三人房间的连线，刚好就是一个三角形。

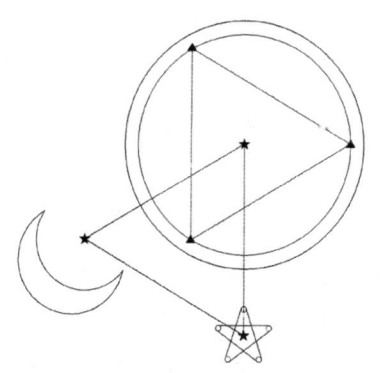

图 14 三角形示意图

三个死者的尸体所在处是一个三角形，三人的房间也是一个三角形，如果这是同一个三角形的话……我在心里有了一个大胆的猜测。

整个日馆是会旋转的！

如果以二层的咖啡间为基点，将整座日馆的二层逆时针旋转六十度，那么这两个三角形将完全重合！而且更巧合的是，死者房间和死者尸体所在处刚好一一对应。

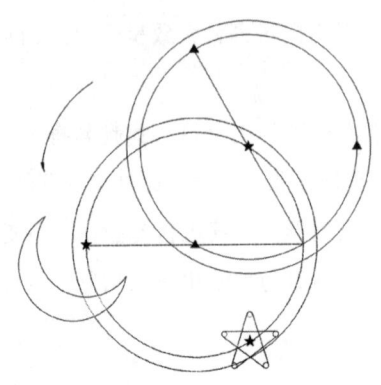

图15 旋转示意图1

难道，这就是整座日月山庄的秘密吗？我不禁对自己的发现感到愕然。

如果真是这样的话，那根本就不存在什么密室，因为死者都是从他们自己的房间里被推下去的！凶手什么都不用做，只要等待日馆旋转回原处，一切痕迹都会消失。

而且如果真的是这个手法的话，那么就算看起来很是瘦弱的女子，也能犯下这些残忍的谋杀案了。凶手只需想办法进入死者房间即可，而根本不用像小说中给出的解答那般烦琐。这样的话，维纳斯或者说小媛，也可以做到。

我不知道这座馆的主人当初为何这样设计，但如果真是这样的话，一切都解释得通了。而且……我想了想，说不定，我也解开了十年前那起自杀案件的真相。现在我能确切地说，这就是一起谋杀案。

因为十年前黎雨自杀的那个房间，根本就不是一个密室。

当然，在不知道房间整体会旋转的前提下，将其看作一个密室毫无问题。但如果已经知晓这一点的话，之前的密室理论自然告破。我看着书中的日馆二层示意图，在脑海中构思了这样的场景。如果还是以咖啡间为基点，将整座日馆的二层逆时针旋转六十度的话，二层黎雨的双子座房间，将会落在一层天秤座房间的正上方。

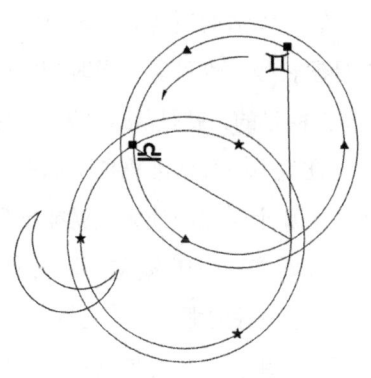

图16 旋转示意图2

所以要进入黎雨的房间，不一定非要先通过其正下方的双子座房间，一层的天秤座房间也可以。而一层的天秤座房间刚好是涅普顿的房间，也就是说，通过这里也能进入二层黎雨的房间。那么凶手就是涅普顿吗？不对，涅普顿有一个坏习惯，那就是经常忘记锁门。任何人都可能进入涅普顿的房间。

关于日馆的旋转，我想小媛肯定早就已经知道了这一点，毕竟她已经利用房间的旋转制造了数起血腥的密室谋杀案,她肯定也知道十年前的凶手就是利用了这个原理。

那周弼呢?他知道吗……

整座日月山庄都是他设计建造的,他不可能不知道日馆旋转的秘密。我突然有了一个想法,也许,这个秘密就是周弼透露给小媛的,整个复仇计划的幕后真凶其实有两个人。也许刚开始周弼确实沉浸在失去爱人的痛苦中,但很快他就振作了起来,他花了十年,策划了这次日月山庄的惨案……但很可惜的是,他并没能熬到这一天,所以这个使命只有由小媛一人来完成了。

但同样的,不管是维纳斯还是周弼,他们都不能断定凶手是谁,凶手可能是涅普顿,也可能是当时馆内的任何人。而我被找来进行案件重演的目的,就是从这些人之中找出那个凶手。

那凶手到底是谁呢……我仔细思考了起来。现在密室已经破解了,只需要找出那个隐藏的线索,就能推理出凶手的真实身份。那么隐藏的线索究竟是什么呢?我将面前的小说再次打开,翻到了介绍十年前案件的那一页。突然,我发现了什么。

安眠药被溶解于水中,不过有安眠药残留的水杯却在周弼的房中被发现,上面有很多周弼的指纹。

如果凶手是通过一层涅普顿房间进入黎雨房间的,他根本没有经过周弼的房间,那么他为何会在周弼房间的水杯中下安眠药。就算黎雨有用周弼房间杯子喝水的习惯,但黎雨一向注意保护自己的隐私,很少让其他人进入房间,凶手又是如何得知黎雨的这个习惯的?除非……只有一种可能,凶手原本的打算就是在周弼房间的这个水杯中下安眠药。

如果加上房间会旋转的话，周弼房间……涅普顿房间……我突然有了一个奇怪的想法，凶手会不会不是想在周弼房间下安眠药，他的真正目标其实是涅普顿的房间！只不过因为什么原因出了差错。因为房间在旋转的话，从涅普顿房间进入周弼的房间将变得极为容易，只需要借助一直在旋转的二层即可。

当时涅普顿正在厨房清洗早餐的餐具……想到这里，我突然意识到了什么。也许，我已经找到这个答案了，虽然这个答案确实有点让人难以接受。

那个下安眠药的人，是普鲁托。

那天上午，所有人都在忙于调试即将用于观测的仪器，而小普鲁托则一个人拿着玩具，显得很是孤单，没有一个人愿意陪他玩。他只好找他的姐姐，他的姐姐当时在餐厅忙于工作，并没有陪小普鲁托玩的意思。于是小普鲁托想到了一个办法，那就是在姐姐的水杯中放安眠药。他见过很多次姐姐吃安眠药的样子，每次只要姐姐吃下这个，就不会再继续工作了，她会给他讲故事听，每晚小普鲁托都会听着姐姐讲的故事直到睡着。

小普鲁托想要姐姐陪他，不想让她工作，于是他就溜进了姐姐房间，偷偷拿了一些安眠药。正当他准备学着姐姐的样子将安眠药放进水杯中的时候，突然有一个地方吸引了他的注意。

这时，由于整个日馆的二层都在旋转，黎雨的房间刚好到达涅普顿房间的上方，所以涅普顿房间一角通往二层的那个隔扇突然打开了。小普鲁托惊讶了起来，他从来没有看过这样的事，他觉得这个很有趣，便沿着扶梯爬了上去。

小普鲁托并不知道他上去的是黎雨的房间，他只是觉得好奇，便在里面玩了一段时间。等他下去的时候，日馆刚好恢复了原状，下方的房间已经不是涅普顿的房间，而是周弼的房间了。但小普鲁托显然是不知晓这个的，在他的意识中，这里还是他姐姐的房间。于是他找到杯子，在里面装了水，然后将安眠药放了进去。之后，他就偷偷溜走了。只要他姐姐回来，喝了这杯水，就可以陪他讲故事了。这是普鲁托小小的脑袋里所想的。

但是由于刚刚的这个巧合，导致了周弼房间的水杯里被下了安眠药。从外面归来的黎雨，习惯性地拿起了周弼房间的水杯，将里面的安眠药喝了下去。之后她在浴室里放了水，准备洗澡，悲剧就发生了。过了一段时间，安眠药药效发作，已经入浴的黎雨渐渐失去了知觉，直接滑入了放满水的浴缸，溺毙身亡。

但小普鲁托并不知道这个情况，就算黎雨死了，他也不知道自己干了什么坏事。也许，过了一段时间之后，他就会完全把这件事忘记了。所以，如果真要说的话，黎雨的死其实是个意外，并没有任何的凶手。

思考完这一大段之后，我长长地叹了口气。十年前的那起事件，包括十年后发生的这些残忍的谋杀案，其实都是源于一个小小的意外。维纳斯要找的那个凶手，本身并不存在。这也是很可悲的，毕竟她杀了那么多人，最后的努力竟然全都成了虚影。她从一开始就错了，并且接连搭上了四条人命，包括她自己的性命。

不过唯一值得庆幸的是，她的案件重演至少还算成功，我误打误撞最终还是揭开了十年前的真相。

我将手中的小说放下，闭上双眼。眼中浮现的，是日馆在缓缓旋转的场景。上下两层形成的圆环从相合,到相交,再到相离,整个过程真是像极了日食的场景。

也许,这才是日馆真正的含义吧。

推理小说作家　夕目狨

二〇一七年五月一日

尾　声

　　不知不觉，窗外的枫叶都已经黄了。时间过得真快，现在已是秋天。我看着窗外飘零的落叶，心中不免有些惆怅。
　　我将目光收回，再次扫视了一眼整个房间。白色的墙壁，白色的床头柜，白色的床单，这里的一切都是白色的。白色的床头柜上放着一个透明的玻璃花瓶，里面插着我刚刚带过来的水仙。
　　这里是市立医院住院部六楼的一个普通病房，我正坐在病床旁边，用水果刀小心翼翼地削着苹果。病床上躺着一个风烛残年的老人，他瘦骨嶙峋，头发早已掉落干净，两只手臂上布满大大小小的针眼。他躺在床上，看起来呼吸极为困难，每一次呼吸都像是要在他仅剩不多的力气中扣除一点。他胸部不断起伏着，每一次起伏都是一次新的胜利。
　　就在刚刚，他坚持着让医生把自己嘴上的氧气罩给拿掉了，他说自己能够呼吸，不需要这些玩具。在他眼里，这些辅助医疗的用具都是些无用的玩具，这种时候，他就像个倔强的孩子。
　　我看着眼前的赵柱国，不知道该说些什么。
　　我将削好的苹果切成很小的块，然后用牙签插好，放在盘子里。在我的帮助下，赵柱国艰难地坐了起来。他靠着枕头，挺直了背，突然咧开嘴笑了起来。

"没想到你还来看我，至少我这个孤苦伶仃的小老头人缘还不算太差！"

说着，他拿起一根牙签，将上面的苹果丁扔进嘴里，津津有味地吃了起来。可随后，可能由于吃得太快的缘故，他不住地咳嗽起来。我拍着他的背，许久他才缓了过来。然后他就嚷嚷着年纪大了干什么都不行，实际上我知道，他现在的身体已经不允许他吃这种块状食物。刚才也是在他的强烈要求下，我才削了一个苹果给他。他只是想逞强，可上天留给他的时间已经不多了。

我将水杯递给他，他只是喝了一点点，就将水杯递还给了我，随后便开始闭目养神。我拿起一块刚刚切好的苹果，扔进嘴里。这时他睁开了双眼，缓缓说道："你看了那个了吧？"

虽然他只是用"那个"来指代，我心里却十分清楚，他指的是上个月推理小说作家夕目貅在网上发表的那篇文章。文章的前面一大半都是在普及各种天文学知识，最后一段作者却进行了一番精彩的推理，直指十年间发生在日月山庄两起凶案的真相。

"你觉得他的推理如何？"

我没有很快回答，只是将没了苹果块的牙签丢进脚下的垃圾桶。对我而言，这篇文章的结论是令人痛苦的，我一直想要保护的小媛竟然成了凶手。看完这篇文章的那天晚上，我一个人躺在床上，痛哭了许久。

"年轻人，别那么纠结了，一切都会过去的。这些年，我也很想我的维纳斯啊……可我老了，没有时间了，你还有。忘掉这些，继续前进吧小伙子。"

我点点头，并没有说什么。可突然间，脑子里又浮现出小媛的模样，她撒娇的样子、生气的样子、高兴的样子、伤心的样子，早已悄悄地在我心里埋下了深深的烙印。莫名地，眼角湿润了。也许，我和小媛的缘分就只能到这了吧。

看着赵老先生在病床上艰难呼吸的样子，我突然意识到了一件事，也许真的像那篇文章里所写的，小媛的复仇从很早以前就开始了。黎雨是被水溺死的，我能想象到她逐渐被水吞没最终窒息而死的模样。而在小媛的复仇中，界楠是被凶手勒死的，临死前肯定也尝到了窒息而亡的痛楚。冯威、霍雨薇、小川几人是中毒死亡的，经过后来警方的调查，他们中的毒是氰化钾，中毒后的症状就是窒息，中毒者因为缺氧而慢慢死亡。再到现在的赵老先生，谁能说这不是冥冥之中的天意呢？与十年前那起案件相关的所有人员，最后都以同样一种方式度过了人生中的最后一段旅程。想到这里，我不禁感到了些许悲凉。

这时，躺在床上的赵柱国又咳嗽了几声，等他好不容易缓过来，又不无感慨地说道："还有，这段时间我躺在床上，又想起了很多往事，有些都快忘记的事情，突然就在脑子里蹦了出来。也许，我也快了吧。"

我注意到赵柱国的双眼从刚才开始就一直紧盯在床头的一张照片上，这是一张老旧的彩色照片，照片中的人背着背包，满脸微笑，站在一座漆黑的建筑物面前。照片里一共有八人，我一眼就认出了赵柱国，他站在左侧一角，那时他就瘦瘦的，皮肤黝黑，不过精神很好，和现在简直天壤之别。我看了一眼病床上瘦骨嶙峋的赵柱国，心里莫名有些难过。

我将目光再次移回照片，照片的右侧角落应该就是霍雨薇吧，也就是涅普顿，她瞪着眼睛，那趾高气扬的样子真是一点没变。涅普顿的右手牵着一个小孩，应该就是普鲁托，但令我吃惊的是，这里的普鲁托却是个女孩。

不对，这不是霍霖！

"那时这个孩子和黎雨的关系可好着呢，如果说是她会帮黎雨复仇，我一点都不会感到奇怪。只是，最后没想到会是这样一种结果……"

我看着脸上挤满皱纹的赵柱国，心里却翻起了惊涛骇浪。

后　记

　　创作本书的具体时间是二〇一七年的九月到十二月，那时的我刚刚经历了一番情感动荡，好不容易稳定下来之后却又面临着毕业压力。在身旁的同学要么好好准备英语以求出国深造，要么飞往全国各地参加各种招聘会之际，我仍在犹豫着究竟是继续深造还是直接工作。就在这种彷徨的时间段内，当我每晚从实验室回到寝室后，虽然浑身疲惫，但还是选择打开电脑，面对着自己曾经打下的文字，继续着这一痛苦却又快乐的历程。

　　《日月星杀人事件》的故事并不复杂，如果用一句话来概括的话，那大概就是书中的每个人都在努力追寻却又始终不得的故事。书中的主人公陆宇在第一次见到小媛之后，就对其产生爱慕之意，正当他准备展开攻势的时候，小媛却成了最后一个受害者；对我们的侦探陈默思来说，解开各种谜题，就是他的终生目标，可在本作中他的解答却不幸成为曾经嗤之以鼻的"伪解"；我们的女主小媛有着双重身份，她的目标就是找出十年前黎雨被害的真相，并为此不惜犯下重重血案，可她至死都没有了解当年的真相。

　　真相往往是残酷的，可永远还是有很多人不惜一切代价去苦苦追寻。可得到真相后又能怎样？等待你的很可能是无穷无尽的痛苦回忆。

本作是陈默思系列的第三个长篇,同样我也在书中塞进了很多自以为很好的诡计。可当我写完全书,重新再审视一遍的时候,却发现这些诡计又失去了它应有的光芒。这种类似的感觉我有过很多次,灵感的火花只会在你的脑海里闪烁很短的几秒钟,可你笔下的诡计却要接受无数读者的检阅。我有过很多次这种从高峰到低谷的心路历程,因为我没有信心,自己写的东西,到底会有多少人认同。

随着创作经历的增加,作者对其笔下作品的感受也会随之变化。在经历了创作《巴别塔之梦》时那种初生牛犊不怕虎的精神,到《钟塔杀人事件》中将自己的想法再度付诸实践,到本作中尝试一种双线叙事的形式,再到最近交稿的《土楼杀人事件》中逐渐加重推理演绎的比重。在每次的创作中,我都尽量汲取之前的教训,并且努力写出新的东西。作者最害怕的一件事,不是自己的作品写得不好,而是作品中的内容重复再重复,最后归于平庸,然后被读者淡忘。

想写的东西有很多,但写好也是有一定难度的,相信很多创作者都会有这样的体验。对推理小说而言,推理是一部分,但小说其实才应该占有更大的比重。用一个故事将你脑海中构思的诡计包装起来,让整个小说看起来好读,这也是一门学问。对我们这种半路出家、文学功底不好的作者来说,更是一项很大的挑战。我希望随着自己创作经历的增多,在故事、人物、情节等各方面都能逐步有所提高,也不枉自己对推理创作的满腔热忱吧。

更为重要的是,在如今推理长篇出版市场逐渐成熟的情况下,已经出现了很多好作品。在影视剧方面,推理成分也越来越受市场和观众的喜爱，网剧方面有之前大热的指纹先生编剧的《白夜追凶》，在电影方面有创造票房奇迹的《唐人街探案》系列，而给本书作序的呼延云先生的《真相推理师》系列，影视版权更是早就以高价售出。另外，国产推理作品的海外市场最近也颇有进展，陈浩基先生的《13，67》日文版一经发行，就霸占了日本各类海外推理榜单，而陆秋槎先生最近出版的《元年春之祭》日文版也是好评如潮。

最后再次感谢呼延云先生为本书所写的序，先生的夸赞实为对我们这批九零后推理小说创作者的鞭策。而我也相信，在众多国内推理小说爱好者和创作者的共同努力之下，国产推理小说会越来越好。当然，我们这批九零后推理作者，也会全力以赴，在各自的舞台上创作出更多更好的作品。

青稞

二〇一八年十月于香港

本书部分参考书籍

1.《中国古代天文学思想》,陈美东著.中国科学技术出版社,2008.

2.《大众天文学(上册)》,C.弗拉马里翁著,李珩译.北京大学出版社,2013.

3.《基础天文学》,刘学富著.高等教育出版社,2004.

4.《图解天文学》,宣焕灿,萧耐园著.南京大学出版社,2010.

5.《天文学史:一部人类认识宇宙和自身的历史》,钮卫星著.上海交通大学出版社,2011.

图书在版编目（CIP）数据

日月星杀人事件 / 青稞著 . —北京：新星出版社，2019.4
ISBN 978-7-5133-3517-1

Ⅰ.①日… Ⅱ.①青… Ⅲ.①长篇小说－中国－当代 Ⅳ.①I247.5

中国版本图书馆CIP数据核字（2019）第011150号

午夜文库
谢刚 主持

日月星杀人事件

青稞 著

责任编辑：王　萌
责任校对：刘　义
责任印制：李珊珊
装帧设计：Caramel

出版发行：新星出版社
出 版 人：马汝军
社　　址：北京市西城区车公庄大街丙3号楼　　100044
网　　址：www.newstarpress.com
电　　话：010-88310888
传　　真：010-65270449
法律顾问：北京市岳成律师事务所

读者服务：010-88310800　　service@newstarpress.com
邮购地址：北京市西城区车公庄大街丙3号楼　　100044

印　　刷：北京天恒嘉业印刷有限公司
开　　本：910mm×1230mm　　1/32
印　　张：7.75
字　　数：132千字
版　　次：2019年4月第一版　　2019年7月第二次印刷
书　　号：ISBN 978-7-5133-3517-1
定　　价：39.00元

版权专有，侵权必究。如有质量问题，请与印刷厂联系调换。